穿透谎言的射线

[德]蕾妮·霍勒/著

[韩]柯佑孙/绘

王　萍　万迎朗/译

天津出版传媒集团

新蕾出版社

图书在版编目 (CIP) 数据

穿透谎言的射线 / (德) 蕾妮 · 霍勒
(Renee Holler) 著 ; (韩) 柯佑孙 (Yousun Koh) 绘 ;
王萍 , 万迎朗译 . -- 天津 : 新蕾出版社 , 2023.7 (2024.3 重印)
(大科学家和小侦探)
ISBN 978-7-5307-7518-9

Ⅰ . ①穿… Ⅱ . ①蕾… ②柯… ③王… ④万… Ⅲ .
①儿童小说 - 侦探小说 - 德国 - 现代 Ⅳ . ① I516.84

中国国家版本馆 CIP 数据核字 (2023) 第 031867 号

Title of the original German Edition: Die mysteriösen X-Strahlen (Wilhelm Conrad Röntgen)

津图登字：02-2022-037

书　　名：穿透谎言的射线　CHUAN TOU HUANGYAN DE SHEXIAN
出版发行：天津出版传媒集团
　　　　　新蕾出版社
http://www.newbuds.com.cn
地　　址：天津市和平区西康路 35 号 (300051)
出 版 人：马玉秀
电　　话：总编办 (022) 23332422
　　　　　发行部 (022) 23332351　23332677
传　　真：(022) 23332422
经　　销：全国新华书店
印　　刷：天津新华印务有限公司
开　　本：880mm × 1230mm　1/32
字　　数：45 千字
印　　张：4.25
版　　次：2023 年 7 月第 1 版　2024 年 3 月第 2 次印刷
定　　价：26.80 元

目录

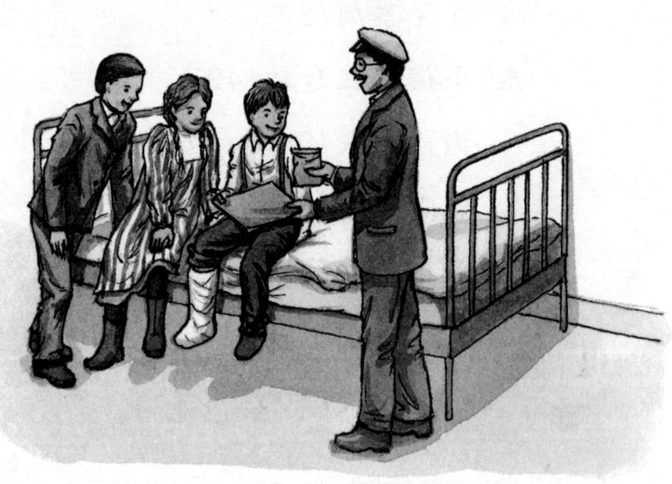

一
午餐时分的拜访

“我快饿晕了。”舒尔施跟在哥哥米歇尔身后，急匆匆地踏上通往三楼的台阶。楼梯间早已弥漫着培根蛋糕的香味儿了。米歇尔把钥匙插进锁孔里，打开了门。兄弟俩把书包往衣柜旁边随意一扔，便冲进了厨房。

“妈妈！”他们向站在炉边的母亲打招呼，她正拿着一把木勺搅动锅里的汤。桌子中间的一块案板上，摆放着切成小块的培根蛋糕。桌旁坐着一位棕色头发的年轻人。

“放学了，孩子们。”年轻人热情地向兄弟俩打招呼。

“您好，弗兰克先生。”他们齐声回答。阿尔伯特·弗兰克从夏季学期伊始便搬进了格纳家。由于兄弟俩的父亲早逝，母亲靠缝纫挣的钱不够家用，他们就出租了一个房间给来维尔茨堡求学的大学生。

米歇尔走到灶台旁，好奇地盯着锅看。

“好香！”他说，“土豆汤和培根蛋糕，我的最爱。”说完，他正要坐到桌边，却被母亲拦住了。

“先洗手。”母亲提醒他。米歇尔乖乖走到水盆边，舒尔施已经在那儿搓洗双手了。

“今天梅耶老师考我们算术。”舒尔施一边用毛巾擦手一边抱怨，“简直可怕！他让我站在全班同学面前做乘法题。”他说完便瘫倒在椅子上。

“你不喜欢算术吗？”弗兰克先生饶有兴致地问。

“算术有什么好玩儿的？”舒尔施回答，“我一点儿都不喜欢！”饥肠辘辘的他伸手想拿一块培根蛋糕，但母亲呵斥了他：“舒尔施，别这么没礼貌。让客人先来。”然后，她把热气腾腾的汤锅从炉子上拿下来，放到桌子上的一块垫板上。

“弗兰克先生，您上午过得好吗？”她一边给他盘子里盛汤一边问。

“谢谢您关心，格纳太太。”弗兰克先生回答，“今天上午真是棒极了！我在物理研究所听了一场非常有意思的讲座。”

“物理研究所？”米歇尔满脸狐疑，“您不是学医的吗？”

“是的，但今天是给医学生的特别物理讲座。”他连忙解释，“几个月前，一位教授有了一项突破性的发现，这对于医学发展将有里程碑般的意义：他发现了 X 射线。”

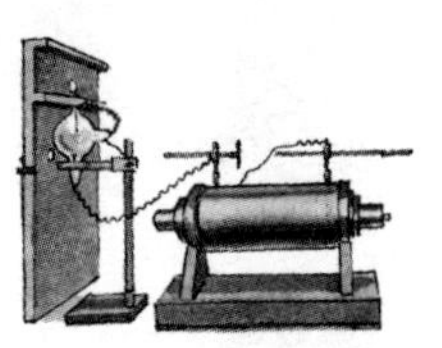

他津津有味地品尝了一口培根蛋糕："味道真不错，格纳太太。"

正在给孩子们盛汤的格纳太太笑了笑。

"X 射线？"米歇尔问，"那是什么？"他一边问，一边忙不迭地用勺子舀汤，还伸出另一只手抓了一块培根蛋糕。

“一种能够透过皮肤和肌肉，让我们看清人体内部结构的射线。”

“什么？”米歇尔惊得差点儿呛着，“不用切开身体？这怎么可能？”

“原理上很简单。”弗兰克先生解释道，“人们要做的就是让电流通过真空[①]玻璃管。这样，玻璃管就会发光并释放射线。这种射线几乎可以穿透一切物品，比如木头、纸板、书籍。如果让这种射线穿透人体，它就能使人体变得透明，把骨骼清晰地呈现出来。”

“那又有什么用？”格纳太太把汤锅放回灶台上，然后在桌边坐了下来，“谁会想看骨头？”

“医生啊！”弗兰克先生郑重其事地说，“新的射线开启了无限可能。人们可以用它来检查复杂的骨折，还可以寻找体内的异物，比如钉子

①真空，没有空气或只有极少空气的状态。

或割伤身体的玻璃碎片……”弗兰克先生话还没有说完，门铃就响了起来。

格纳太太抬起头：“米歇尔，去看看谁来了。”

男孩走到门口。

“舅舅，中午好。”米歇尔开门看到是舅舅，惊讶不已。舅舅叫弗里茨，是名警官，虽然他经常在下班后过来探望妹妹和外甥们，但从不在午餐时分到访。

“我们是为公事来的。”舅舅整了整帽檐，简短地说。米歇尔这才发现，他不是一个人来的，昏暗的楼梯间还站着一位身材魁梧的男士。他没有穿制服，而是穿着一身西服，戴着礼帽。

“公事？”米歇尔打量着这两个人。天哪，不会吧！木匠哈弗昨天看到他踢足球踢碎了作坊窗户，难道他们是为此而来吗？但是舅舅径直从他身边走过，穿过走廊进入了厨房。

“这是贝克尔探长。”他把同伴介绍给妹妹，“我们这次过来是想问你的房客几个问题。”米歇尔松了一口气，原来他们压根儿不是来找自己的。

“弗兰克先生？”格纳太太一脸惊愕，“发生什么事儿了吗？”

探长没有回答，直接看向刚刚咬了一口培根蛋糕的大学生：“阿尔伯特·弗兰克？”

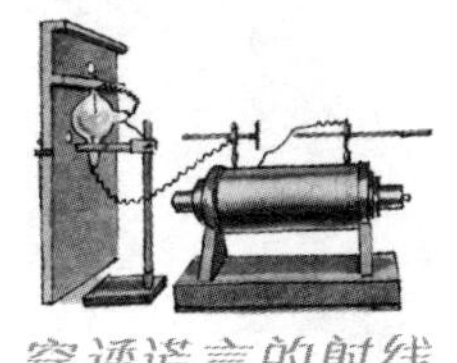

年轻人急忙咽下食物，站起身来彬彬有礼地鞠了一躬："有什么我能帮忙的吗，尊敬的探长先生？"

"我们想请您和我们去一趟警察局。"

弗兰克先生不解地看看走上前的弗里茨警官，又看看贝克尔探长："去做什么呢？"

“我们想和您谈谈。”探长说完，转了个身，“弗里茨警官，请您带嫌疑人去警察局，我想在这里再看看。”

舅舅把弗兰克先生带走了。贝克尔探长让格纳太太领他去弗兰克先生的房间。

“他到底做了什么？”她担心地问。

“这是机密，恕我不能多言。”说完，他便开始搜查弗兰克先生的私人物品。

“弗兰克先生是个不错的小伙子。”格纳太太自言自语着回到厨房，“一定是搞错了。”她心不在焉地将空盘子摞起来，端到水池边。

过了一会儿，探长离开了他们家。格纳太太还在洗碗，米歇尔有了主意。他和舒尔施偷偷溜进弗兰克先生的房间，也许探长忽略了某个线索呢，没准儿他们可以找出弗兰克先生被带走的原因。

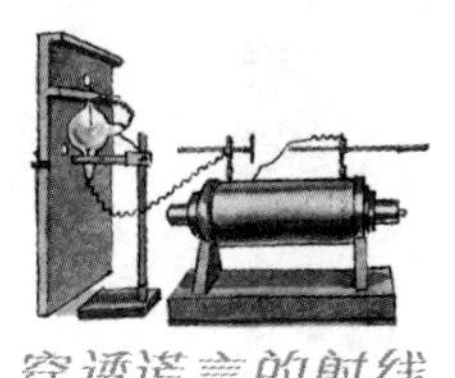

可房间里一切如常。一张床、一个衣柜、一个放着水盆和水壶的盥洗台、一张桌子和一把椅子，桌子上还放着一摞书，墙上挂着两幅画儿。除此之外什么都没有。

“什么都找不到的。”舒尔施可不想让母亲发现他们溜进租客的房间。

米歇尔却开始翻箱倒柜，连桌上的书都不放过。不过，他没有发现什么不寻常的地方，只是

在翻看最后一本解剖学教科书时，看到书页中夹着一张写满数字的信笺。

“快走吧。”舒尔施催促哥哥，因为厨房里乒乒乓乓的洗碗声已经停下来了，“这些不过是无聊的算术题而已。”

与弟弟不同，米歇尔对数学很感兴趣。他仔细研究着那些用墨水写成的一排排的数字。忽然，他有了新的发现。

“这不是算术题。”米歇尔断定。他指了指信笺边缘，那里有一行用铅笔添加的小字：“Z=1，Y=2……这看起来更像是密码。”

米歇尔跟在弟弟身后离开房间，不忘把信笺放在裤兜里。

如果他们能破译上面的密码，也许就能找出弗兰克先生被带走的原因。

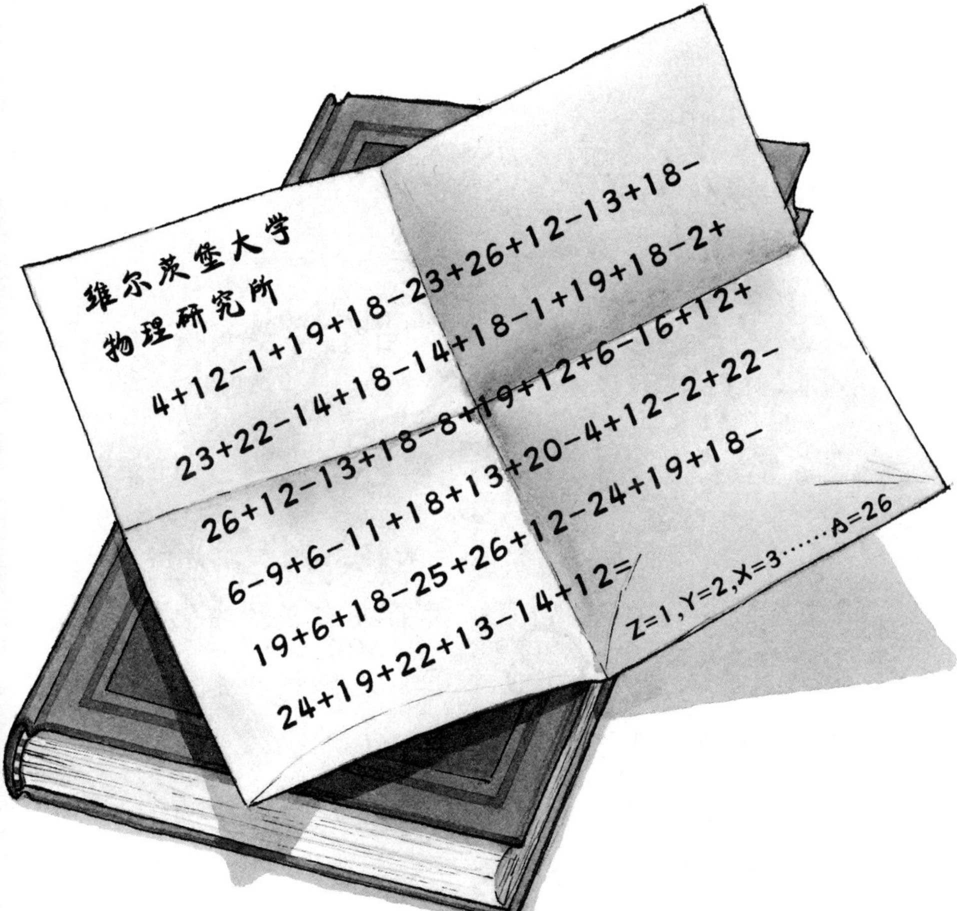
维尔茨堡大学
物理研究所
4+12-1+19+18-23+26+12-13+18-
23+22-14+18-14+18-1+19+18-2+
26+12-13+18-8+19+12+6-16+12+
6-9+6-11+18+13+20-4+12-2+22-
19+6+18-25+26+12-24+19+18-
24+19+22+13-14+12=
Z=1,Y=2,X=3……A=26

提示：算式不必计算，加号和减号是用来作分隔的。

信笺上的密码传递了什么信息？

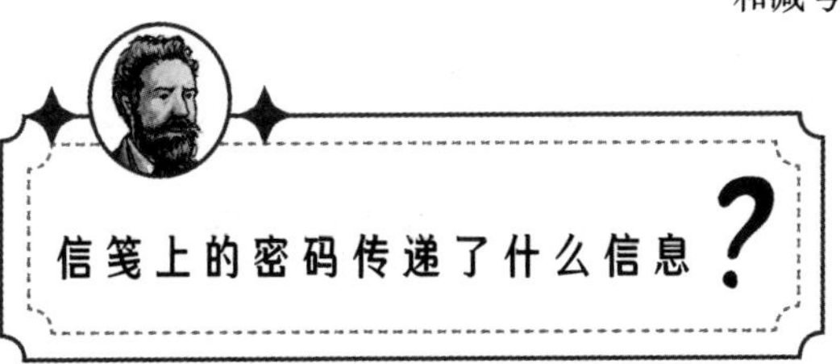

二 警察眼线

门铃又响了。厨房里传来格纳太太的声音："有人能开一下门吗？"这次的来客是楼下裁缝店老板霍夫曼的女儿克拉拉。克拉拉和米歇尔同岁，从一年级开始，他们就是好朋友。

"警察为什么带走你家的房客？"她心直口快，晃动脑袋时，长长的辫子甩在肩膀上。

"是谁呀？"格纳太太走到厨房门口，在围裙上擦着手问道。

"妈妈，是克拉拉，"米歇尔一边回答，一边神秘兮兮地冲女孩眨眨眼，"她想和我到街上玩儿一会儿。"

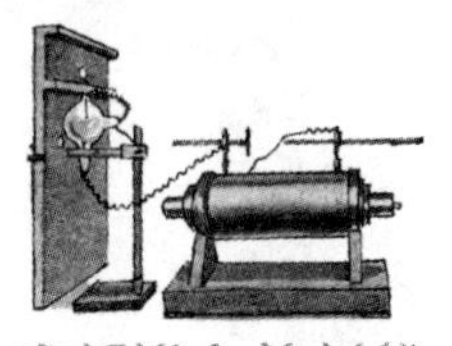

“您好，格纳太太。”克拉拉行了个屈膝礼。

“你好，克拉拉。”格纳太太笑吟吟的。

“去吧，别忘了回来吃晚饭。对了，克拉拉，麻烦你转告你父亲，衬衫上的扣子我还需要一点儿时间才能弄好，可以吗？”

“没问题，格纳太太。”女孩回答，“我会记得的。”一转眼，三个小伙伴就冲下了楼梯，跑出大门来到了街上，差点儿迎头撞上一辆从皮革匠大街出来的、装满破布的手推车。

“慢一点儿，慢一点儿！”推车的男人厉声冲他们喊，“看着点儿路！”

街边，几个玩儿跳房子的女孩及时躲开了那个恶狠狠的男人。

“来一起玩儿吗？”一个女孩冲着克拉拉喊。克拉拉摇了摇头，她现在可顾不上玩儿，她要先弄明白格纳家的房客到底出了什么问题。

“快告诉我，他到底干了什么？”她催促两位朋友。

“可惜我们也一无所知呀！”米歇尔说。

“什么？”克拉拉满眼失望地看向他们，“我才不信呢！你们的舅舅肯定早就把所有细节都告诉你们的母亲了。”

“我发誓，他一言不发就带走了弗兰克先生。我俩和你一样，什么都不知道。不过……”米歇尔小心地四处张望，接着从口袋里掏出了那张

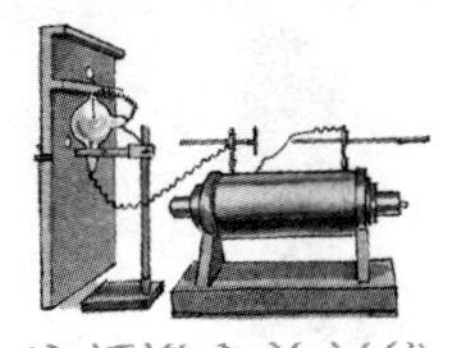

写着秘密信息的信笺，“我们发现了一件很古怪的东西。”

克拉拉好奇地看着那些数字。等米歇尔解释了上面写的内容后，她立即询问他们是否将这个发现告知了警方。

“还没有。”舒尔施摇摇头，“我们想先弄清楚这条信息是谁写的，弗兰克先生到底与这封信有什么瓜葛。”

“它的来源，这上面写得一清二楚呢。”克拉拉说。

米歇尔点点头:“是的,但也可能是他自己写的,还没有寄出去。毕竟,弗兰克先生在物理研究所听过课。”

克拉拉对着信笺皱起眉头。“我见过这种信笺。”她最后说。

“什么?”两个男孩惊讶地看着她。

“有时我会帮助爸爸整理文件,”她解释道,“比如订单、账单之类的。我见过一张来自物理研究所的订单,但不记得上面的名字了。今晚我可以找找看。”

“你不能现在就去吗?”舒尔施急不可耐。

克拉拉摇了摇头,辫子随之摆动起来:“不行,那样我爸爸会起疑心的。今天晚上他不在店里,那时会方便很多。”她看向还在蹦蹦跳跳的女孩们,“现在我也想去玩儿跳房子了。”她向男孩们点点头,跑走了。

米歇尔和舒尔施没办法，只能耐着性子等待第二天的到来。

晚上，当米歇尔和舒尔施睡下后，门铃又响了。平日里，格纳太太会在厨房里缝衣服到深夜，今天晚上因为赶工，只会更晚。男孩们听到她起身推开椅子，朝门口走去的声音。

“弗里茨，”她向自己的哥哥打招呼，“一晃眼我还以为是弗兰克先生呢。进来吧，你要喝杯酒吗？快给我讲讲你们为什么要带走他。”脚步声移动到厨房，随着一声轻柔的“咔嗒”声，母亲关上了厨房门。孩子们听不到他们交谈的内容了。

“快来！”舒尔施一下子从床上跳下来，催促哥哥，“我们可不能错过这个。”

片刻后，两个男孩穿着睡衣、光着脚站在漆黑的走廊里，耳朵紧紧贴在紧闭的厨房门上。

“什么？”母亲的声音中含着惊讶，“那不可能。”

舒尔施弯下腰，透过锁孔向里窥视。煤油灯下，母亲震惊地盯着一张照片。但是，舒尔施无法看清照片上有什么。

“你理解得没错。我再说一遍，”他念出一长串名字，“弗里德里希、里德、达尼尔、克罗迪、劳拉、斯皮尔曼，他们都消失得无影无踪。”

“你们断定是弗兰克干的？”

“他是唯一的嫌疑人。”舅舅回答，“可惜我们没有充分的证据，不能一直把他拘禁在警察局里。我们最迟明天早上就要放他走。”他喝了一口酒，“但我们将继续监视他，毕竟他有可能把我们带到那个失踪者身边。”他严肃地看着妹妹，“因此，亲爱的奥蒂莉，我想请你帮个忙。”

“你不会让我来监视他吧？”

“我们只想让你密切关注他，一旦他形迹可疑，请立即告诉我们。他是你这里的房客，和你住在一起，不会想到你是为我们工作的眼线。”

“让我当眼线？”母亲难以置信地笑着，“你不是认真的吧？”

舅舅不是开玩笑。“我们必须尽我们所能尽快侦破这起绑架案件。”他说。

舒尔施透过锁孔看到母亲将照片还给了舅舅，满腹心事地穿了一根新线。

“好吧。”她最后说，“但有一个条件，孩子们无论如何都不能卷进此事。”

“放心吧，没有其他人知道你在监视弗兰克。”他喝了一口酒，然后站起身，“我要回家了，今天好累。”出门前，他对妹妹交代道：“还有，奥蒂莉，你要多加小心。此人可能很危险。”

没多久，兄弟二人就回到了小房间里。但此时此刻，他们已毫无睡意了。

“你觉得弗兰克先生是绑架了半个班的学生吗？”舒尔施一边把被子拉到下巴处，一边低声问。

“我不知道。”米歇尔若有所思，“但是弗里

德里希、里德、达尼尔等人已经不知去向，他们到底遭遇了什么，连警察都理不出头绪。”他转身心不在焉地看向墙壁，月光透过阁楼窗户洒下了银辉。

“舅舅说，嫌疑人可能会把警察带到那个失踪者身边。”舒尔施想了想说，“他只提到一个失

踪者。会不会根本就不是很多人，而只是一个人呢？”

“一个人有六个不同的名字？”

“当然不是。梅耶老师给我们讲选择题时，有时会用词代替字母，就像蜜蜂代表B，狗代表D一样。”舒尔施猛地从床上坐起来，“对，就是这样！我知道失踪者叫什么了！”

三
实验室里的发现

“也许我们应该打电话给警察，把威胁信给他们看看。”第二天早上，舒尔施和米歇尔一起坐在餐桌旁，他们的内心依然不平静。母亲去霍夫曼家送缝好的衣物了。“我们可以在上学路上去一趟警察局。”舒尔施说。

“时间来得及。”米歇尔正津津有味地吃着一个夹果酱的三明治，嘴里塞得满满的，含糊不清地说，“我想知道克拉拉有没有找出信笺的来源。”他舔了舔黏黏的手指，喝了一口牛奶，弯下腰去系鞋带。

“那是什么？”桌子底下有一张灰色纸片。

米歇尔把它翻过来，才发现这是一张照片。照片上是一位年轻女子，她端坐在椅子上，双手放在大腿上，目光严肃地看向前方。照片下方的空白处，有人用墨水写着：送给约翰叔叔。侄女弗里达。

“失踪者的照片吗？”舒尔施轻声说，然后越过他哥哥的肩膀，好奇地探头探脑。“这是舅舅

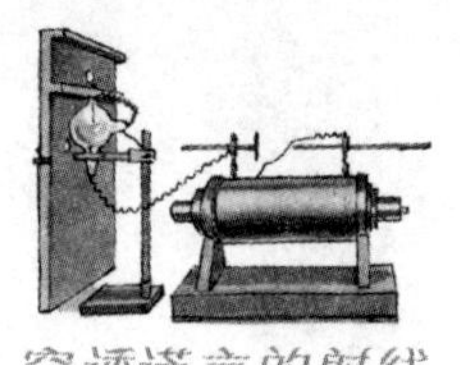

昨天给妈妈看的照片。他一定是不小心掉落了，我们要还给他。”

当母亲走进厨房时，米歇尔把照片塞进了口袋里。母亲提着一个洗衣篮，里面装满了还没有缝纽扣的新衬衫。

“克拉拉在楼下等你们。”她告诉儿子们。

米歇尔二话不说抓起书包冲向门口。“再见，妈妈！”他的声音回荡在楼梯间。舒尔施也背起书包跟在哥哥身后。男孩们一出门，克拉拉就跑到他们面前。

“我查出来了！”她难掩兴奋，“有人用同样的信笺向我爸爸订购了一件绿色的西服。”

“是阿尔伯特·弗兰克吗？”

“不，是威廉·康拉德·伦琴，一位大学教授。他经常找我爸爸定制西服和衬衫。他就住在普莱歇林大街物理研究所顶层的公寓里。”

“干得好！”米歇尔夸赞道。在三人匆匆赶往学校的路上，他从裤兜里掏出弗里达的照片，告诉克拉拉他们前一天晚上在厨房门口听到的事情。

克拉拉陷入了沉思。“如果伦琴教授真写了这封威胁信的话，那可能意味着他知道弗兰克先生把失踪者藏在了哪里。”她说，“他想以此来勒索弗兰克先生。”

“我知道你的秘密。只要你守口如瓶，我也会保持沉默……”舒尔施一遍又一遍地复述着威胁信上的内容，“听起来教授好像也有把柄。

“这一切都只是猜测。”米歇尔说，“我们不知道其他人是不是也在使用这种信笺。现在唯一可以确定的是，它来自物理研究所。”

克拉拉眼睛一亮：“我们下课后可以去研究所看看。如果有人问，我们就说是想告诉教授他的西服做好了。”

男孩们因为这个提议变得兴奋起来。于是三人计划午餐后在克拉拉家的裁缝店外面碰头，从那里到普莱歇林大街只需要十分钟左右。

转眼就到了中午，他们来到了研究所的大楼前。这栋大楼正对着旧护城河公园，大铁门将楼前花园和街道隔开。此刻，大铁门正大敞着，也无人值守，门卫大概在休息吧。大楼入口处向内延伸出一条长长的、空荡荡的走廊，只有几扇门后传出低语声。

“现在呢？”米歇尔问，他不知道接下来要做什么。

就在这时，一位年龄比他们稍长的女孩从楼上走下来，在他们面前停下了脚步。她双臂叉腰，上下打量着这群孩子。

“你们来这里干什么？”

“我们找伦琴教授。”克拉拉立即解释。

“你们也要写关于他的报道吗？”

“报道——什么？”

女孩笑了：“我只是开玩笑。自从叔叔有了新发现后，不少记者来这里采访他，好撰写报道。”女孩顿了顿说：“我叫约瑟芬娜，是伦琴教授的侄女，也住在这里。”

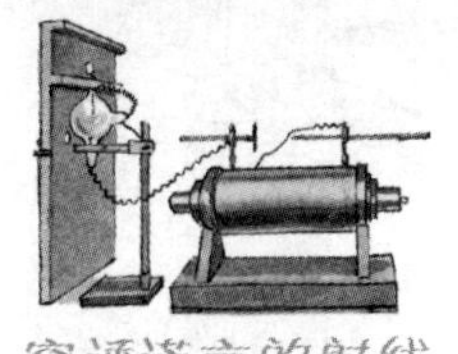

“他发现了什么？”克拉拉很好奇。

“当然是X射线。”约瑟芬娜说，“你们没听说吗？有人甚至想用叔叔的名字为它重新命名，就叫它伦琴射线。”

“X射线？”米歇尔想，“能穿透物体的那种射线吗？”

约瑟芬娜点点头：“皮肤、肌肉、木头、硬纸板……它能让这一切都变得透明。”

“好吧，真巧。”舒尔施低语道，然后转向克拉拉，“弗兰克先生昨天对新射线赞不绝口。”

“你们想参观我叔叔的实验室吗？”不等他们回答，约瑟芬娜就在前面引路了，“来吧！”她催促着三个孩子，“如果你们想和他谈一谈，那得等等，他现在还在上课。”

他们跟着她沿着走廊往前走，来到尽头的一扇门前。约瑟芬娜谨慎地环顾四周后才推开门

走进去。

“我叔叔的实验室。”她得意扬扬地介绍，“就在这里，他做实验发现了新射线。”

房间里有几张桌子，上面摆满了奇怪的玩意儿：球状的玻璃瓶、电线、鼓形的圆柱体和其他奇特的装置。他们环顾房间，啧啧称奇。

除了墙上挂钟的嘀嗒声，屋里可以说是寂静无声。

“你们为什么要找我叔叔？”约瑟芬娜打破了沉默。

克拉拉正要提起西服，却被米歇尔抢了先。“我们在街上发现了这个。”米歇尔撒了个谎，向约瑟芬娜展示了那封加密信件，“我们猜，伦琴教授可能不小心弄丢了这张写着算式的信笺。”

约瑟芬娜看了看那张信笺，说：“这的确是研究所的信笺，但上面不是我叔叔的笔迹。”

“如果不是他的笔迹，那你能认出是谁的

吗？我们想把它还给失主，也许它很重要。”

“这很难，因为上面没写名字。虽然按规定，信笺只能用于办公，但实际上大家都可以轻松拿到它，我自己也经常用它涂鸦。这里就有。”她走到一个柜子前，拉开最上层的抽屉，里面是塞得满满当当的信笺。

“这些全都是研究所的信笺。”她解释道，“每个人都可以拿到。你们可以把那张纸给我，我可以问我叔叔，他没准儿熟悉大学生们的笔迹。”

“这些照片都是用X射线拍的吗？”克拉拉岔开话题，走到靠窗的一张小桌子旁，桌子上摆满了照片。

“是的，这是我叔叔和学生们拍摄的各种东西的照片，有手、腿、动物……”约瑟芬娜自豪地指着一张青蛙的照片说，“人们可以清楚地看到

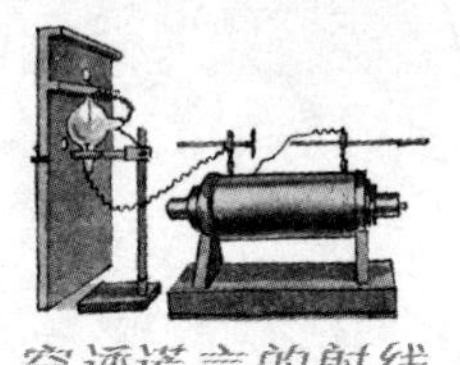

青蛙骨骼的细节。还有这张，你可以看到鞋子里的钉子。”

克拉拉仔细浏览着照片。

“把失踪者的照片给我。”她突然对米歇尔说。

米歇尔有些惊讶，但还是从口袋里掏出了照片。

克拉拉把它放到桌子上的X射线照片旁边。“非常有意思。”她说。

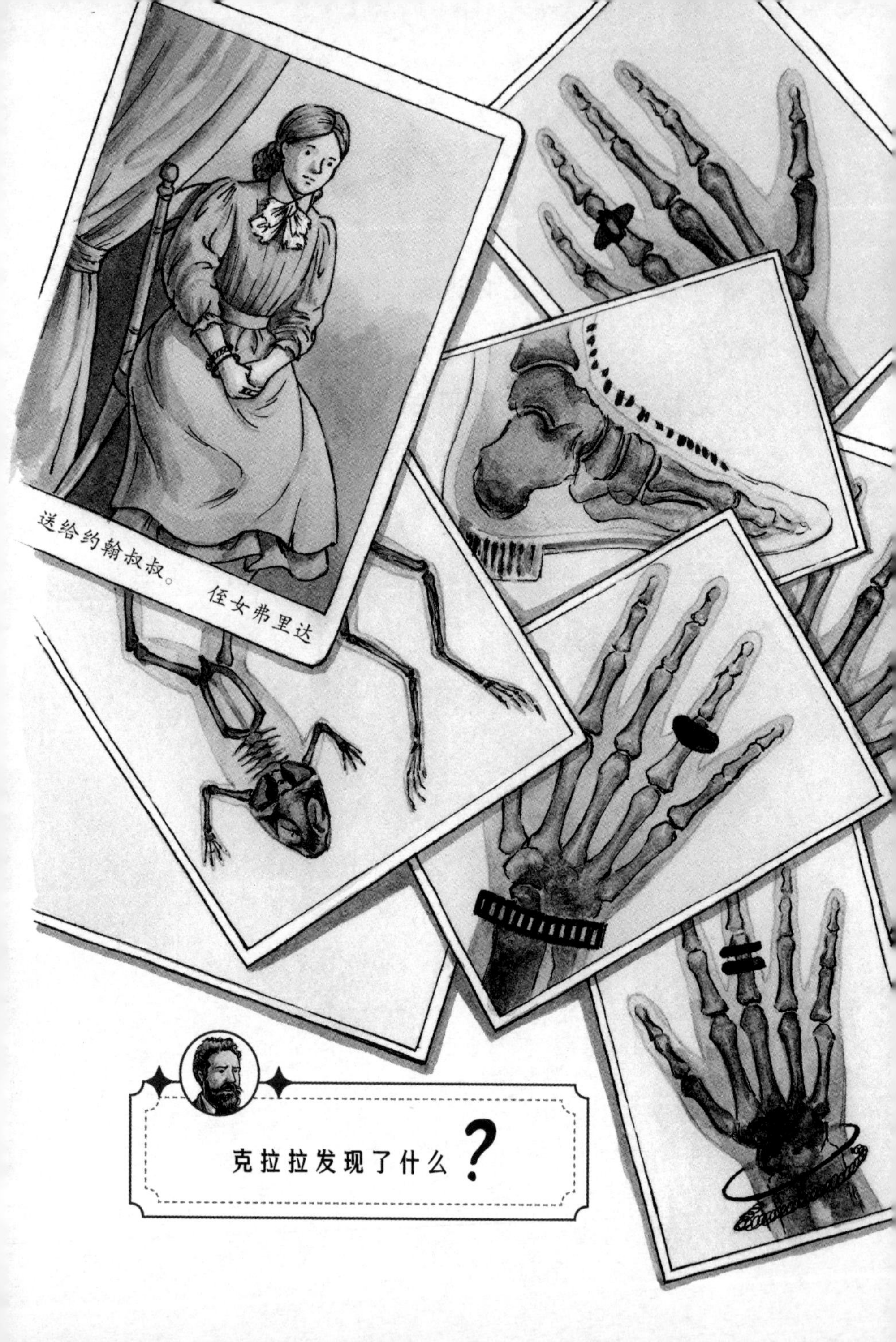
送给约翰叔叔。
侄女弗里达
克拉拉发现了什么？

四 在警察局

“约瑟芬娜！”门外传来一个低沉的男声。一位蓄着长胡子的黑发高个儿男人走进了实验室。

“你们来这里做什么？”他看了看侄女，又把目光投向三个陌生的孩子，一脸愠怒，“这里不是游乐场。”

“叔叔，我只是想……”

男人没好气地打断了她：“赶紧上楼去，你不是要练琴吗？”

“是的，叔叔。”约瑟芬娜恭敬

地应了一声就溜出了房间，看都不敢再看那三个孩子。

“裁缝霍夫曼让我们告知您，您的西服已经做好了。”克拉拉抢在教授诘问前说。

“西服？”伦琴教授疑惑地看着孩子们，“哪套西服？”他一下子反应过来：“哦，我明白了。请转告霍夫曼先生，我尽快去取。”

他边摇头边走向窗边的桌子：“这儿怎么乱七八糟的。”他把照片码成整齐的堆，没有再理会他们，而孩子们也礼貌地告辞了。

“弗里达·克劳斯来过研究所。”当他们回到走廊时，克拉拉说，“这是可以肯定的，但……”她没来得及多说，因为米歇尔突然把她和舒尔施拉到了拐角处，那里连着另一条有着无数扇门的走廊。米歇尔默默把一根手指竖在嘴前。

“怎么了？”克拉拉问。

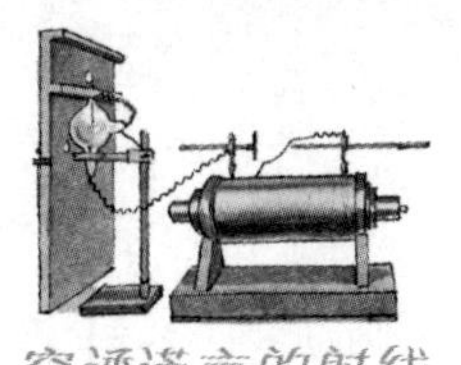

“弗兰克先生刚刚从对面那扇门里走出来了。”米歇尔压低声音说，声音小得几乎让人听不见。

“我以为他还待在警察局呢！”

“昨晚，咱舅舅说，由于缺乏证据，他们今天只能释放他。他可能直接从警察局来研究所了，以免错过上课。无论如何，不能在这里让他见到我们。”米歇尔小心翼翼地往拐角处瞥了一眼，弗兰克先生正和一群同学一起向大门口走去。他没有看到孩子们。

为了保险起见，三人又等了一会儿，才离开研究所。

“调查了这么久，我们仍然不知道那封威胁信是谁写的。”舒尔施在回家时抱怨着。他没看路，想径直穿过施特尔岑大街。一辆马车紧贴着他们疾驰而过，幸好米歇尔一把抓住他的胳膊。

“过马路时一定要看路。”他叮嘱弟弟，“不然会被车撞到的。”

但舒尔施把哥哥的话当耳边风。

“没有找到答案，反而冒出了更多问题。”他嘟嘟囔囔，“弗里达·克劳斯来物理研究所干什么？她手部的X射线照片到底是谁拍的？”

“除了伦琴教授，他的一些学生也有可能。”克拉拉思忖着，“包括你家的房客。不过，那张X射线照片并不一定与她的失踪有关系。”

舒尔施突然停下来：“也许她压根儿就没有

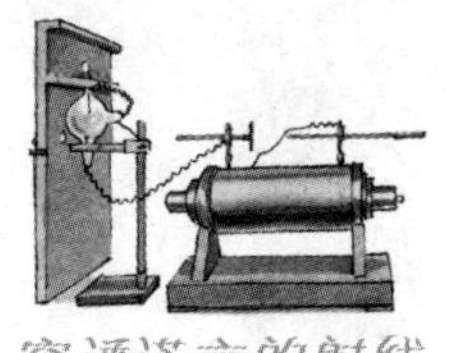

失踪，只是我们再也看不到她而已。”

“什么？”克拉拉和米歇尔没听明白。

“毕竟，X 射线能使一些物体可见，也能使一些物体不可见。想象一下，伦琴教授正对她进行实验，突然就看不到她了。她隐形了！他当然不想让别人知道他的实验出了事故，所以试图隐瞒。弗兰克先生发现端倪后想勒索他，于是写了一封威胁信，只是还没有来得及寄出。”

“这也太匪夷所思了！”米歇尔不太相信。

“不管怎样，”舒尔施继续说，“我们现在都应该去找警察，告诉他们威胁信、X 射线和弗里达的手拍过 X 射线照片的事儿。”

“没错，”克拉拉附和道，“尤其弗兰克先生被放出来了，他又能自由活动了。毕竟没有人知道他到底有多危险。万一他再出手呢？”

过了一会儿，他们走进位于市政厅后面的警

察局。

“看看所有的通缉犯。”克拉拉低声说。前厅的墙上挂着一堆通缉犯和失踪人员的悬赏令，提供有用线索的人能得到奖励。

注：马克为德国的旧货币单位。

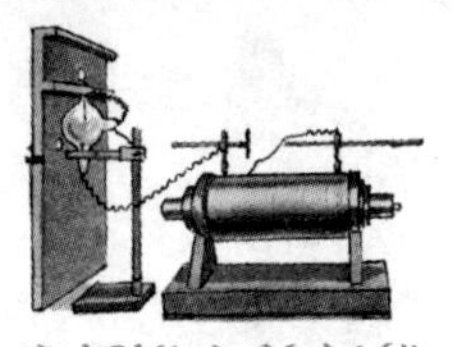

“如果我们找到克劳斯小姐，会得到奖励吗？”她自言自语。可那个女人的照片并不在上面。

“你们来干什么？”接待室的桌子后传来声音。一名体态臃肿的警察正厉色看着孩子们，他的大肚子快把制服的扣子绷掉了。

“我们想和弗里茨警官说几句话。”米歇尔说。

“他在出外勤。”胖警察说。

这时米歇尔想起贝克尔探长，他在弗兰克先生被带走后搜查过他的房间。

“那贝克尔探长在吗？”他问，“事关克劳斯小姐，那个失踪者。”

胖警察满面狐疑地看着孩子们。“在这儿等着。”他应了一声，走向房间另一侧——那个满当当的文件架旁的一扇门里。不久后，他带着贝克

尔探长回来了。

“你们知道多少关于克劳斯议员的侄女的事儿？”贝克尔探长直截了当地问，然后仔细地打量着他们。“我见过你们吗？”不等孩子们回答，他就想起来了，“哦，对，你们俩是格纳太太的儿子。”

他从上衣口袋里掏出一个黑色笔记本，翻开后，把它放在作隔断用的长条案上。接着，他拿出一支铅笔：“说说看，是怎么回事？”

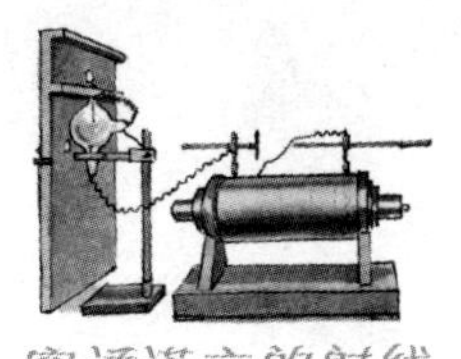

“我们搜查了弗兰克先生的房间，”米歇尔坦白，“找到了一封威胁信。”

贝克尔探长忍不住笑起来：“一封威胁信？”他用铅笔挠了挠太阳穴。

“它被加密了，”舒尔施补充道，“但我们破译了它。只是我们还不知道究竟是谁写的。虽然我们怀疑弗兰克先生，但很可能另有其人。不过，绝不是发明X射线的教授，这一点我们可以肯定。”

“把信给他看看。”克拉拉提醒米歇尔。

米歇尔把手伸进裤兜。突然，他耳根一热，惊慌失措地把掏出的所有东西都放在长条案上：几颗彩色玻璃弹珠、一根绳子、一把小刀和一面小圆镜。根本没有威胁信。

“糟糕！”米歇尔结结巴巴地说，“我把它和……和克劳斯小姐在……在物理研究所的X

射线照片放在一起了。”

“这样啊！”胖警察不无嘲讽地说，“原来神秘信件长翅膀飞了。你们知道愚弄警察也算犯法吗？”

“我们没有骗人！”克拉拉激动地辩解，“真有威胁信！”她顺手拿走了米歇尔放在长条案上的小镜子。

“我们还想向您透露一些重要线索：克劳斯小姐最近去了物理研究所，有人在那儿用 X 射线给她的手拍了一张照片。”她本来想和他说克劳斯小姐手上戴的珠宝的事儿，但停了下来，好奇地盯着小镜子。

“我们没有时间陪你们做游戏！”贝克尔探长严厉地说，“回家玩儿你的弹珠吧。”他把米歇尔的玻璃弹珠推过来：“抓坏人的工作还是交给警察吧。再会。”他合上笔记本。

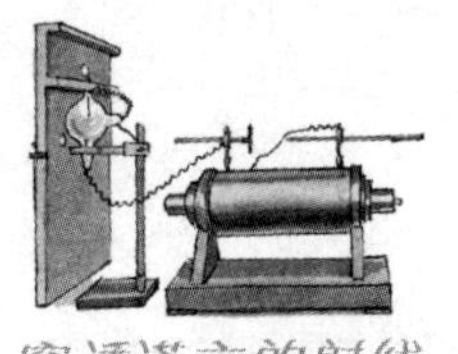

“我不知道原来你还这么臭美。”三人刚走出警察局，克拉拉就奚落了米歇尔，“虽然我之前也不知道镜子还有这么大用处。”她诡秘地一笑：“刚刚，我用它偷看了贝克尔探长关于弗里达·克劳斯案的记录。”

贝克尔探长的笔记本上写着什么？

五
小侦探在行动

克拉拉跟男孩们讲了贝克尔探长在笔记本上记录的内容。

米歇尔说:“如果克劳斯小姐最后一次现身是在主码头,那她可能上了船。”

“她会不会走在栈桥上时不小心落水了?”舒尔施补充道。

克拉拉点了点头:“会有很多种可能。我们可以试着查一查真相,说不定还有奖赏呢。”

“你没听到贝克尔探长的话吗?他没时间陪咱们做游戏,咱们应该回家玩儿弹珠。”

“真烦人。”克拉拉说,“当然,我们的行动要

保密。无论如何，咱们都应该去主码头瞧瞧，询问一下周六晚上看到克劳斯小姐的目击者。”

“没必要吧，探长肯定早就问过了。”

“没准儿他忽略了什么。”克拉拉说，“他都没有注意到弗兰克先生房间里的威胁信。”

远处，塔楼上的钟响了六下。“天哪！我们必须马上回家。”他们拔腿就跑。

等他们跑到家门口时，米歇尔也开始认同克拉拉的想法：“我们明天早上去学校前可以先去主码头上看看。不过，一定不能对妈妈透露一个字。”

“那是当然！”克拉拉咧嘴一笑，“绝密！”她对两个朋友使了个眼色，然后溜进了父亲的裁缝店。男孩们则穿过院门进了屋。

今天，三楼飘荡着香肠的味道。母亲正站在炉边用平底锅煎着嗞嗞作响的香肠。

“舒尔施，”她喊小儿子，“摆好桌椅和餐具。”她又转向米歇尔：“你去地下室里拿些煤上来。”

米歇尔扮了个鬼脸，他知道母亲的命令不能违抗，于是叹口气，抓起空煤桶和钥匙下了楼。

等他已经站在地下室的门前时，他才意识到自己忘了拿一盏灯。他懒得再返回三楼，便在黑

灯瞎火中硬着头皮走进地下室。

他敞开门，尽量让更多日光照进来，照亮前几个隔间的木板墙。好在他们家的隔间就在入口旁。米歇尔打开挂锁，推开木板门，只见一个小黑影在他面前的地板上一闪而过。

是一只老鼠！它转眼就消失在妈妈放水果和果酱的架子下了。米歇尔急忙把角落里的煤铲到桶里，想尽快回到楼上。可当桶快要装满时，他又听到了一个响动。这次是从地下室楼梯传来的，台阶上站着一名男子。

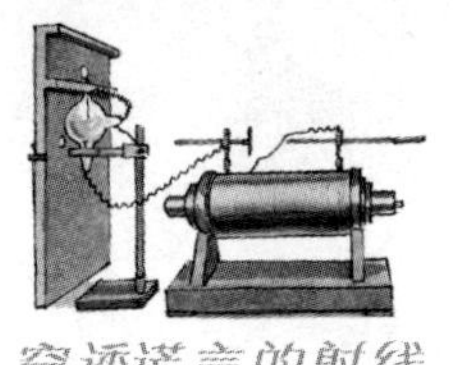

“是你吗，米歇尔？”

是弗兰克先生的声音。米歇尔的心开始狂跳。毕竟弗兰克先生被警方怀疑绑架了一名女子，有可能是个危险分子。在地下室里，如果他动手，米歇尔将任由他摆布，即使大声呼救，楼上也没有人听得到。弗兰克先生慢慢走下台阶时，米歇尔不由得把煤铲抓得更紧了。

“需要帮忙吗？”弗兰克先生下来后只问了这一句。不等米歇尔回答，他就提起满满一桶煤上了楼。米歇尔松了口气，把地下室的门锁好，跟着他回了家。

“晚上好！”当弗兰克先生拿着煤桶走进厨房时，格纳太太向他打招呼。“我真高兴他们把你放出来了。我从一开始就认为是他们搞错了。”虽然她知道这位年轻人并没有摆脱嫌疑，但她也没有露出一丝知情的表情，“你一定饿了

吧？”她一边用叉子翻动着锅里的香肠，一边笑着说。

“是呀，不瞒您说，”弗兰克先生回答，“我从警察局出来后直接去了研究所，一整天都没吃东西。”他摸了摸下巴：“我甚至都没有机会刮胡子。”

“一会儿有的是时间，现在先坐下吧。”格纳太太招呼道，“晚饭马上就好。”她开始往盘子里盛香肠和酸菜。

晚餐时分，大家一直谈论着诸如天气和学校等无聊的话题，根本没有提弗兰克先生被警方带走的事儿。吃完饭，弗兰克先生回了自己的房间。米歇尔和舒尔施帮母亲洗碗。

“我答应过温泽尔太太，今晚会过去一下。”在把最后一个盘子洗净、擦干并放回橱柜后，母亲说。温泽尔太太住在街对面的一套公寓里，母亲有时会去陪一陪她。

“我一小时后回来。你们做完功课，最迟九点也要上床睡觉了。”

即使不情不愿，兄弟俩还是坐到了厨房的桌子旁。舒尔施嘟囔着从书包里掏出算术书。可他还没有开始，弗兰克先生就走进了厨房。

“我要出去一会儿。”他说。片刻后，房门在他身后“砰”的一声关上了。

“糟糕。”舒尔施低声说，“妈妈和温泽尔太太在一起。我们是不是该做点儿什么？”

“如果妈妈没法儿监视他，那么就由我们来做吧。”米歇尔边说边穿上鞋，“毕竟，他有可能把我们带到失踪者身边。”

他们火速溜出厨房。楼梯间还回响着弗兰克先生的脚步声。紧接着，院门也被猛地关上了。

“快点儿！”米歇尔催促弟弟，三步并作两步

跑下楼，“我们不能跟丢了。”

当他们走进小巷时，夜幕已然低垂。在路灯昏黄的光线下，他们看到弗兰克先生从巴伦加斯大街拐进皮革匠大街，一路向南疾走。兄弟俩猜测他是去见克劳斯小姐，于是紧追上去。

但五分钟后，弗兰克先生的脚步就停在了一家餐吧前。

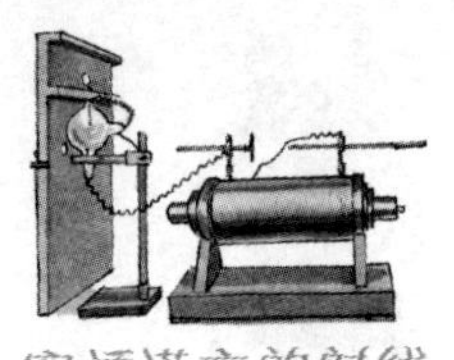

“唉，他只是想出来吃点儿东西。”舒尔施大失所望。舅舅偶尔也去这家斯塔赫餐吧。当弗兰克先生推开门走进餐吧时，喧哗声也从屋内传了出来。

“我们必须进去看看他要做什么。”米歇尔说，“说不定他在这里密会同伙。”

“我们在这里就可以看到和他会面的人。”舒尔施指了指入口右侧灯火通明的窗户，“不过，我们还是要跟紧一点儿，听听他们说些什么。”但他们没能继续跟踪，因为一只大手重重地落在了舒尔施的肩膀上。

“你们在这里做什么？不是早就该上床睡觉了吗？”

“舅舅？”兄弟俩一脸慌张。

“贝克尔探长不是已经告诉过你们，抓坏人的事情交给警方吗？”舅舅继续说。

“但弗兰克先生在斯塔赫……”舒尔施张嘴要说，舅舅却没有让他把话说完。

“安静！”他命令道，然后抓住外甥们的胳膊把他们带回了家。

弗兰克先生去见了谁？

六 询问证人

第二天，他们在院门口碰头的时间比平时更早了一些。“舅舅不许我们再涉足此案。”舒尔施对克拉拉说。

“那又怎样？”克拉拉咧嘴一笑，她背起书包，手里拿着一个面包卷，“他又没有禁止我，反正我现在要去主码头询问证人里奥巴·胡贝

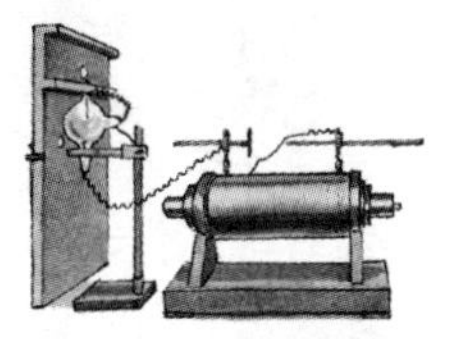

尔，你们就当是陪我吧。来吧，难道你们不想查出失踪者的下落吗？”两兄弟面面相觑，一言不发，只是跟随着克拉拉抄近道向美因河走去。

几分钟后，三人站在主码头上的旧起重机旁。起重机曾经被用来卸货，但已经闲置好多年

了。此时，工人们正从一艘船上卸木材，并运到停在主码头的马车上。马头上套着一个麻袋，马儿正悠闲地吃着燕麦。

许多船只停泊在码头，有渔民和贸易商用的简易木筏，也有大型帆船、驳船和轮船。清洗船在离他们稍远一点儿的地方，靠近旧主桥。虽然时候还早，但那里已经热闹非凡了，家庭主妇和洗衣女工都来洗床单了。

格纳太太也经常来这里清洗家里的被单和衣服。去年夏天，她的一件衬衫不小心掉进水里顺流而下，后来被一位渔夫用网捞起来了。当三个小伙伴走近清洗船时，舒尔施把这段趣事说给克拉拉听。

“我妈妈丢了把刷子。”女孩笑着说，“它现在一定在河里‘躺’很久了。”

只有米歇尔无心听故事。“我们怎样才能找

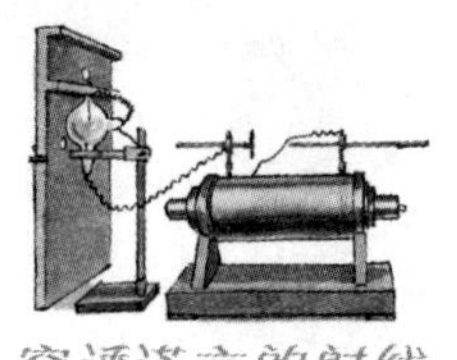

到这个里奥巴·胡贝尔？”他焦急地问。

清洗船上，妇女们把衣物放在旁边的木板上打好肥皂，然后用刷子刷洗，再在河水中漂洗干净。桥南边还有更多的清洗船。

“别担心。”克拉拉随口答道，“我认识那位胡贝尔太太。除了星期天，她每天都在这里。她为富人洗衣服，有固定的位置。我妈妈经常和她在同一条船上洗衣服。”她目标明确地走向一艘清洗船，步履轻快地跳了上去。

“早上好，胡贝尔太太。”克拉拉向一个裹着条纹围裙的胖女人打招呼。

胡贝尔太太从忙碌的工作中抬起头来：“早上好！”她笑着说，“你今天没课吗？”说话间，她不忘用肥皂在湿毯子上打泡，然后用刷子刷洗。

“胡贝尔太太，我们的家庭作业是写一份报告，”克拉拉编造了一个谎话，“关于最近在我们

城市发生的事件。我们想起了那个失踪者。”

“克劳斯议员的侄女？”她惊讶地抬起头，“那可怜的姑娘还不知去向。我只希望她没有什么三长两短。”她将毯子浸入河水中，开始用力漂洗。

“您还记得周六晚上到底发生了什么吗？”克拉拉追根究底。

“当然，”胡贝尔太太回答，“我总是第一个到，最后一个走。周六那天我比平时走得还要晚，其他洗衣女工早就回家了，码头工人也收工了，只有渔夫贝克和马车夫罗斯还在。”

“您见过克劳斯小姐吗？”

“见过。七点刚过，她和一个年轻人手挽手走着，我一眼就认出了她，因为我为克劳斯家洗衣服，见过她几次。”她拧干毯子上的水，接着又把它浸入河水中。

“然后呢？”

“后来我把东西收拾好，打算回家。可当我再抬头时，克劳斯小姐完全没影儿了。我看见那个年轻人独自向卡尔内小巷走去。”

“您知道那个年轻人是谁吗？”

“不，不认识，我以前也从未见过他，只记得他戴着一顶学生帽。两天后，我在报纸上看到克

劳斯小姐失踪的消息，立即就去警察局报告我看到的了。”她再次用手拧干毯子，把它放在船上的洗衣篮里。“不过，我不明白为什么学校要让小学生写一篇这样的报告。”她摇摇头，伸手又拿了一件衣服来洗，“我读书的时候可没有这样的事儿。”

“渔夫贝克今天在吗？”一直在岸边默默听他们谈话的米歇尔插嘴道。

“据说他经常在那一片泊船。他为好几家饭店供货。”胡贝尔太太往旧主桥方向看过去，“你们很幸运。他在那儿呢。”她指了指一名戴着帽子的男子，那人正把一个装满美因银鱼的水盆从船上搬到码头上。

克拉拉礼貌地谢过了胡贝尔太太，然后翻过木板回到岸边。

过了一会儿，三个孩子围住了渔夫贝克。他

似乎也相信了这个与作业有关的理由，并愿意提供信息。

“我住在河对岸。”他解释说，“周六那天晚上，我正要划船回家时，看到了金色头发的阿尔伯特·弗兰克和他的女伴。他们沿着岸边走。阿尔伯特·弗兰克一看到我，就停下来和我攀谈。”

“您认识他？”

“不太熟，但他经常路过这里，我们时不时说上几句话。”

“那之后发生了什么？”

“嗯，他和女孩继续往旧主桥的方向走。我

当时不知道他打算绑架她。要是知道，我肯定会直接报警的。”他在石板路面上又放下一盆美因银鱼。

接下来，孩子们开始寻找马车夫罗斯。他们很走运。马车夫今天也在街上，他正把一只桶滚过人行道，滚向一辆手推车。

当孩子们问他周六晚上是否注意到主码头上的异常时，他愤怒地咆哮道：“你们没看到我正忙着吗？”他大口喘着粗气，举起酒桶，把它丢到手推车上，“我总有一大堆事情要做。周六晚上也一样！”

“您真的没有注意到任何人吗？”米歇尔刨根问底。

马车夫耸了耸肩：“我都不知道阿尔伯特·弗兰克长什么样。就算我知道，码头上那么多人，我也不会在意他在闹腾什么。”他推着车朝木门

走去，不一会儿就走远了。

“我们的调查没有丝毫进展。”三人只好去上学，舒尔施嘴里嘟嘟囔囔。

克拉拉若有所思地看了一眼主码头和美因河，一艘船正缓缓向上游行驶，一只狗站在船头。在另一个方向，一名撑筏人撑着木筏向卢伊特波尔德桥行进。

“不对劲，”她慢慢地说，“他们的证词有问题。”

“我也注意到了。”米歇尔说。

只有舒尔施一头雾水，完全不知道他俩在说什么。

七
偷听对话

三个人约好下午在小巷见面，讨论在主码头的发现以及如何侦破这个案子。

“胡贝尔太太是我唯一信任的证人。”克拉拉用手指缠绕着辫梢说。

“但这没有任何意义。”米歇尔闷闷不乐地在口袋里翻找，“我们最好听从贝克尔探长的建议。”他向克拉拉和舒尔施伸出手，手心“躺”着那几颗彩色玻璃弹珠。

但克拉拉压根儿不理会他的这些唠叨：“才不呢！和你们同住的房客，可能是一个危险的绑匪。在破案之前，哪怕我不睡觉，也要继续寻找

那个失踪者。”突然，她停下脚步，指着街道说：“看看谁来了。”

小巷的另一头，一个蓄着黑胡子的高个儿男人从拐角处走了过来。他正和一名女子说话，女子还挽着他的胳膊。

“伦琴教授和他太太。”克拉拉低声说，同时把两个朋友拉到停在路边的一辆马车后面，“从这里看，不会被发现。”

“没什么可看的。”米歇尔说，“可能教授只是想去你父亲那里拿新西服。”虽然嘴上这么说，但两个男孩还是跟在克拉拉身边，躲在房屋墙壁和车轮之间。

正如米歇尔的猜测，伦琴夫妇径直走向霍夫曼裁缝店，而让人始料未及的是，弗兰克先生刚好走出院门，走到伦琴夫妇旁边。

弗兰克先生兴奋地向伦琴太太鞠躬，并与教

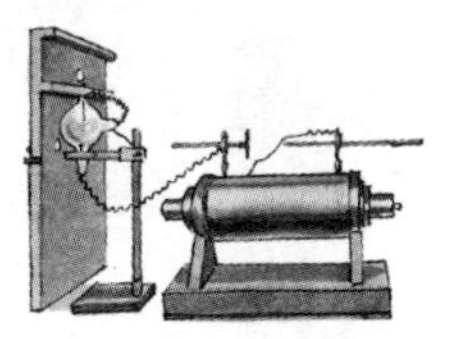

授握手。三人开始闲聊。可就在此时，木匠哈弗的学徒推着一辆装满木板的手推车经过。糟糕透了！这下，孩子们只能听到轮子在鹅卵石上发出的嘎吱声了。

“别担心。”当手推车走过后，他们听到教授说，“我正在整理一切，相信明天会好很多。”听到这话，弗兰克先生向夫妇二人道别，匆匆向研究所走去。伦琴夫妇则推开门，进入了裁缝店。店门在这对夫妇身后“砰”的一声关上了。

“教授的话是什么意思？”米歇尔一脸迷惘。

“也许在研究所的一次实验中，他们用 X 射线使克劳斯小姐隐形了。”舒尔施说，“教授目前正在进行新实验，好让她再次现身。”

“这根本没有任何意义。”克拉拉说完，正要从藏身处出来，米歇尔一把抓住她的胳膊拦住了她。

“我舅舅，”他低声说，“他肯定是去找我妈妈的。也许他有案子的新进展。”

舅舅果然在院门口停了下来。他抬头看了看四周，然后跨进大门，没有注意到藏在马车后面的孩子们。

“走，我们去听听他们说什么。”米歇尔已经溜到了门口。

没多久，孩子们就悄无声息地打开了房门。厨房的门半掩着，三人在走廊里就可以清楚地听到舅舅的声音。

“今天早上，克劳斯议员收到勒索信了。”他

说。厨房里还传出了轻柔的叮当声，好像是有人用勺子在杯子里来回搅动。“味道美极了，正是我喜欢的。”叮当声再次响起。他可能又抿了一口，然后把杯子放回了碟子上。

“你有没有和弗兰克先生的笔迹对比过？”母亲问。

“没用。绑匪是把报纸上的字母先剪下来，再拼凑起来的。”

“他提了什么要求？”

“如果克劳斯议员想让侄女活着回来的话，就必须支付十万马克。”

格纳太太倒吸了一口凉气，声音大得连站在走廊里的孩子们都听得一清二楚：“那可是一大笔钱！”

“谁说不是呢。”舅舅说，“他要求克劳斯议员把钱放在手提包里，在明天中午十二点整放

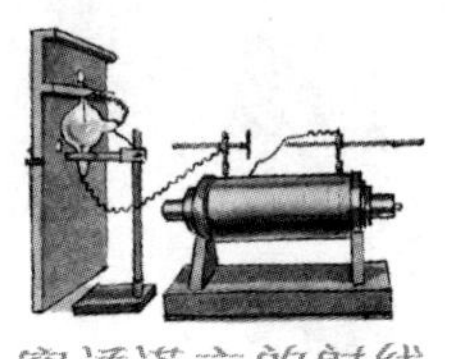

到鱼市的喷泉旁。不见到钱，绑匪不会放了他侄女。”

“那你们怎么保证绑匪最终真的会放人？”

“我们会暗中监视。”舅舅解释说，“从市场上就会开始跟踪他。希望我们不仅能成功找到弗里达·克劳斯，还能抓住绑匪并夺回赎金。”

舅舅顿了顿，然后请求道：“奥蒂莉，我知道，自从上次我抓到两个孩子在斯塔赫餐吧旁跟踪弗兰克，你就不想再与这件事儿有任何瓜葛，但我们想请你最后帮一次忙。”格纳太太沉默了。舅舅接着说道：“万一阿尔伯特·弗兰克从我们眼皮子下逃脱，并带着一个可疑的手提包出现在你这里，你能立即通知我们吗？”

“好吧。”格纳太太终于开口了，“但这真的是最后一次了。我受够了和一个犯罪嫌疑人在同一个屋檐下生活的日子了。”

“我明白。我们明天会把坏人绳之以法，一切就都过去了。”厨房里传来椅子被推动的声音，“我要走了，去准备明天鱼市的抓捕行动。”舅舅的脚步声越来越清晰：“谢谢你的咖啡。”

当他来到走廊时，米歇尔和舒尔施也装作刚刚进屋的样子。

“舅舅！”他俩故作惊讶地问候道，“您好。”

“你们好。”舅舅和孩子们打完招呼，就从他们身边经过，匆匆下楼了。

吃过晚饭，弗兰克先生竟然又出去了，尽管他之前说要整晚学习。舒尔施和米歇尔立刻想要跟上去，却被母亲制止了。

“你们只能待在这里，”她命令儿子们，“快去厨房做作业。”

“可……”舒尔施试图反抗，“那封信，也许与绑架案有关。”

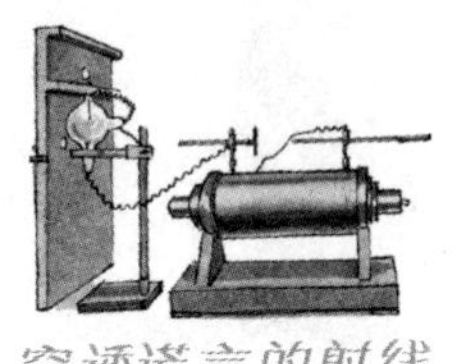

舒尔施说的是在吃饭时，弗兰克先生收到的一封信，可他只是瞟了一眼，就将它撕成碎片，扔进了煤堆。

“有警方呢。”母亲说，“你们忘了你们舅舅的话了吗？你们不要掺和破案的工作，太危险了。”她拿起针线篮，坐在餐桌边守着儿子们。

舒尔施虽然打开了算术本，但目光一直在火炉旁的煤堆上瞄来瞄去。他真的很好奇信上的内容，想弄明白为什么弗兰克先生会突然离开。可母亲守在餐桌旁，他一点儿机会也没有。她肯定会坐在这里缝衣服，一直到兄弟俩上床睡觉。这会儿她才刚刚穿好针。可过了一会儿，她把针线活儿搁在桌子上，站起身来。

“我得去一下卫生间。”她说，“你们别动什么歪脑筋。”她下楼去公共卫生间了。

机会来了！格纳太太一离开厨房，舒尔施就

冲到煤堆旁，把碎纸片塞进了裤兜。等母亲回到厨房时，他早已规规矩矩地坐在桌边，忙着做算术题了，尽管他根本无法专心。他迫不及待地想仔细查看纸片，但不得不按捺住内心的躁动，必须要等到晚些时候，当他和米歇尔回到卧室后才行。

对你说。
克先生，
点钟
请来卡
那
亲爱的
今
我会在
话要
里等你，
有很多
信上写着什么？

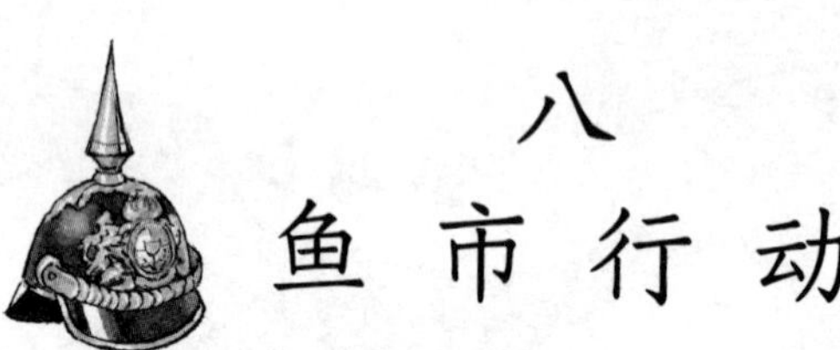

八
鱼市行动

“是伦琴教授写的信吗？”舒尔施兴奋地低声问。两个男孩把纸片整整齐齐地摆放在米歇尔的床单上，在摇曳的烛光下仔细查看。他们熄灭了煤油灯，因为太亮的话，妈妈就会从门缝看到微光。

“应该不是。”米歇尔回答，“教授住在普莱歇林大街的研究所里，他不太可能会约弗兰克先生去卡尔内小巷见面。那里住的都是车夫和搬运工人。”

“主码头的那位马车夫对我们撒了谎，他可能也住在那里。”舒尔施思忖道，“也许是他写了

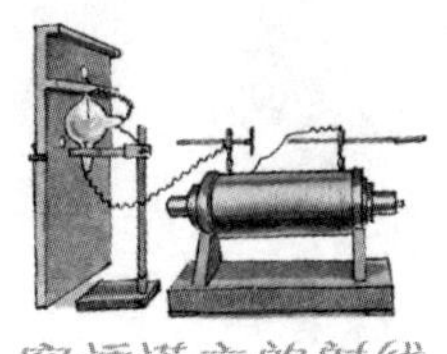

这封信。我们明天一大早就去报警，让警方好好查一查他。”

“证据呢？”米歇尔反对，“不管我们怎么说，警方都不相信我们的话。我觉得我们应该直接去鱼市，在那里，谁是幕后黑手将一目了然。我可不想错过这个机会。”

“但我们要上学呀。”

“你糊涂了？明天上午十一点就放学了。”米歇尔轻笑着。

走廊里传来母亲的脚步声。她在兄弟俩的卧室门前停了下来。

“嘘！”舒尔施急忙将纸片塞到被子底下，吹灭了蜡烛。两兄弟屏住了呼吸。过了一会儿，母亲进了自己的卧室。

“咱们明天放学后就去鱼市的喷泉那里等着。等绑匪十二点来拿赎金后，咱们就跟踪他。”

米歇尔已经在计划第二天的事情了。他把羽绒被拉到肩膀以上，头埋进枕头里，说："这不难，只是不能让舅舅或贝克尔探长逮住我们。"

舒尔施没有回答，他已经睡熟了。

第二天，天下起了雨。弗兰克先生整晚都没有回家，格纳太太猜测他是在朋友那里过夜了，但兄弟俩坚信他是去卡尔内小巷见同伙了。他们一定是在那里商量钱到手以后的事情，纸条上清楚地写着"有很多话要对你说"。不过，兄弟俩不敢向母亲透露，毕竟舒尔施是偷偷从煤堆中拿的碎纸片。

不管那么多了，一切都会在几小时内水落石出。他们抓起书包，跑下楼梯。

克拉拉焦急万分地站在楼下。通常她会在自家店门口等他们，但今天下雨，她就站在了能躲雨的楼梯间里。

她在男孩们说出纸片内容和计划之前就开口了："我们可不能错过'鱼市行动'。"

"我们也这么想。"米歇尔笑着说。他望向街道，雨还在淅淅沥沥地下着。他们打着伞，向学校走去。

十一点的下课钟声一响，他们就匆匆向鱼市

跑去。天空仍然飘着毛毛细雨。还没等他们到地方，舒尔施就皱了皱鼻子。

“唉，这气味真恶心！”他抱怨道，“全是鱼腥味。”

“你以为这里会散发玫瑰的芬芳吗？”米歇尔停下来环顾着市场。

尽管天气不佳，但这里还是熙熙攘攘的，挤满了家庭主妇、女仆和厨师，他们极其挑剔地翻看摊位上的鱼。鲈鱼、鳟鱼和鲤鱼等淡水鱼在木桶里游来游去，还不知道马上就要成为人们的盘中餐。旁边的桌上售卖熏鳗鱼和其他鱼类特色菜。商贩们忙着宰鱼，为顾客下厨做好准备。一

位女商贩在摊位上摆了一些烤鱼，肚子饿了的顾客可以拿一块来充饥。孩子们对鱼不感兴趣，他们穿过人群走向喷泉。

鱼市的喷泉耸立在市场摊位之间。台座上站着两个胖乎乎的石雕男孩，一个拿着渔网和钓竿，另一个抓着一条石鱼。

克拉拉在离喷泉不远的地方停了下来，她的旁边站着一个嗓门儿盖住了其他所有商贩叫卖声的女人。

“鲜鱼！新鲜的鱼！”她粗声粗气地夸赞着自家的货物。

“我们不能靠太近。”克拉拉轻声说，一边假装看面前水桶里的鳟鱼，一边用余光时不时地瞥一眼市场。

“在鞋店旁边的拐角处，我们可以将一切尽收眼底，还不会被人发现。”她说着就走了过去。

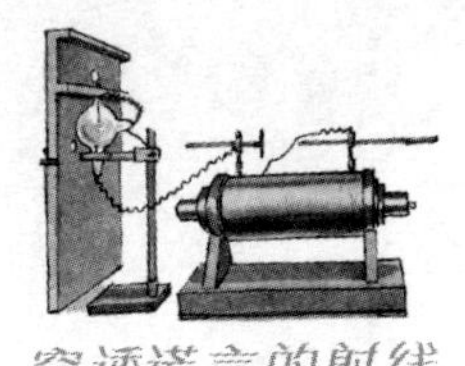

刚藏好，米歇尔就兴奋地指了指不远处。他发现了一张熟面孔。

“贝克尔探长。”他向其他人解释道。

“在哪里？”舒尔施好奇地四下张望。

“别那么大惊小怪的。”克拉拉赶忙制止他，“难道你想让他逮住你？”

尽管贝克尔探长穿着鱼贩的围裙，头戴着帽子，但还是被孩子们认出来了。刚才，他小心翼翼地向和他擦身而过的一个胖男人点了点头。

“那位一定是克劳斯议员。”克拉拉说。

胖男人衣着考究，风衣和背心紧紧裹住挺起的大肚腩。帽檐下的脸因为紧张而涨红了，小胡子似乎都在颤抖。他手里拎着一个大手提包。克拉拉猜得没错，克劳斯议员径直走向喷泉。到了那里，他用手擦了擦额头上的汗水，把包放在了水池下方。他紧张地四处张望，然后匆匆朝教堂

大街走去。

“弗兰克先生随时会出现，来拿取赎金。”克拉拉说，“我们一定要盯紧手提包。”她的目光在市场上扫来扫去。男孩们也在喧嚣中寻找弗兰克先生的身影。

“有意思。”米歇尔发现了一个人，“是研究所的那个女孩。”

“什么？约瑟芬娜·伦琴？”克拉拉和舒尔施也看到了教授的侄女。她正百无聊赖地站在伦琴太太旁边，伦琴太太正把一个纸包裹放进带

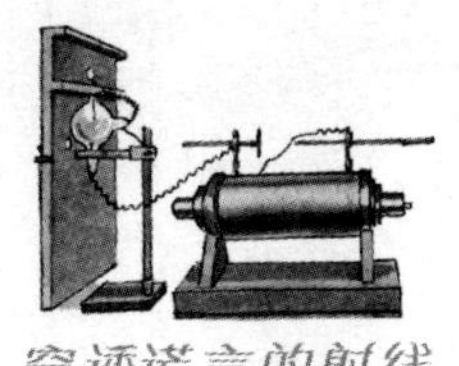

把手的篮子里。教授没和她们在一起。

“她没背书包，不用上学吗？”

“她可能有私人教师吧，”克拉拉说，“只是和婶婶一起来购物。”

“或者，”米歇尔补充道，“她们俩到鱼市来取赎金。”

“胡说八道。”克拉拉摇头，“与其在这里胡乱猜测，不如盯着喷泉，免得绑匪溜掉。”她将目光从约瑟芬娜身上移到了喷泉旁。几个男孩站在那里，正用双手捧水喝。她屏住呼吸。糟了！手提包不翼而飞了！

“见鬼！”她暗骂道，“我们错过了能找到克劳斯小姐的机会——你们看到手提包了吗？”

手提包在哪里？

九 失败的追踪

一个陌生的金发男子拿着手提包朝市政厅走去。在那里，他快步走向一辆停在四柱喷泉旁待客的马车，把手提包放到马车夫身后的座位上，然后一猫腰上了车。马车沿着宽阔的街道驶向大教堂。

孩子们跑得气喘吁吁的。即使这样也是徒劳，他们根本追不上马车。到最后，只有舒尔施还在追赶。

“当心！”克拉拉尖叫道。她看到一辆疾驰而来的马车，但已经太迟了。舒尔施跑在车道上，马儿受惊跃起，乘客大声尖叫，马车夫粗鲁

地咒骂。虽然马车夫在最后一刻成功停下了马车，但舒尔施已经一个踉跄摔倒在了马前。马儿因为受惊，鼻子里不断喷着粗气。

克拉拉冲过去想把舒尔施扶起来，但舒尔施发出痛苦的呻吟。

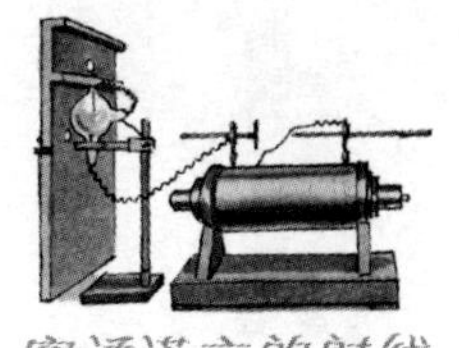

突然，弗里茨警官跑到了孩子们身旁。他没有穿制服，而是穿得像个鱼贩。尽管看上去很滑稽，但眼下谁也笑不出来。

“这就是插手警务的后果。”他一边检查外甥的小腿，一边生气地说。

“骨折了。”他告诉与他同时到达事故现场的贝克尔探长。

探长根本没有理会受伤的男孩。此刻，他正愤怒地看向大教堂的方向，那辆载着金发男子的马车早已不见踪影。

“看你们干的好事！”他大吼道，“我们不仅损失了十万马克，还失去了能找到人质的好机会。”

“对不起。”舒尔施低声说，尽管小腿疼痛钻心，他还是试图站起来。

“你送他去朱利叶斯医院。”贝克尔探长对弗里茨警官说，“我回警察局换身衣服。”他拦下

一辆马车，扶着舒尔施坐到座位上。

弗里茨警官坐到舒尔施旁边。临走前，他严厉地看向另一个外甥："我以后再和你算账。你现在马上回家，让你妈妈去朱利叶斯医院。"说完，他示意马车夫可以出发了。马车疾驰而去。

米歇尔却不打算回家。他想先去卡尔内小巷，他仍坚信马车夫罗斯与此案有关。

"克劳斯小姐是在主码头失踪的。"他向克拉拉解释道，"卡尔内小巷离主码头很近，也许他们把她藏在了那里。"

克拉拉有些犹豫："那你弟弟呢？我们不应该先告诉你妈妈吗？"

米歇尔摇摇头："那只会让她更紧张。再说，舅舅会把舒尔施照顾好的。"

虽然他俩不知道马车夫罗斯是否真的住在卡尔内小巷，但不得不说，他俩很幸运。一个正

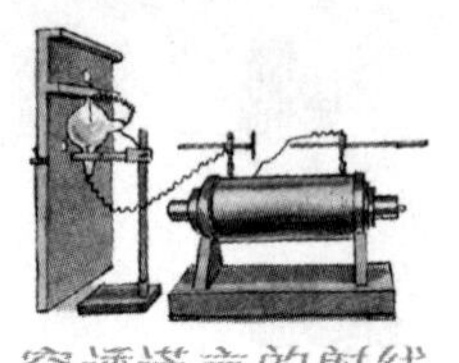

在搬运箱子的少年认识马车夫罗斯。

“他住在15号，”少年说，“不过，他这会儿不在家。你得晚点儿再来。”他想了一会儿：“也许他表妹知道他在哪儿。”

“表妹？”

少年点点头：“是的，她周六来的，住在阁楼里，是一个奇怪的女人，从不上街，最多走到窗口看看外面。”

米歇尔脑中忽然一个激灵：会不会是马车夫罗斯把克劳斯小姐说成是自己的亲戚？

“那女人看起来什么样？”他问少年。

少年耸了耸肩：“我不知道。我只在窗口瞥到过她一眼，很年轻，一头深色头发。你们直接上去吧，她肯定在家。”

尽管这个女人就是克劳斯小姐的可能性很小，但米歇尔还是想上去看看。毕竟，发色是可

以染的，但她不在窗口呼救的行为着实让人百思不解。

很快，米歇尔和克拉拉就站在了阁楼的门前。门虚掩着，就好像有人匆忙间忘记关好一样。

“您好，”克拉拉喊道，“有人吗？”周围一片沉寂。

他们小心翼翼地进了房间，借助天窗透下来的昏暗光线，可以看到里面有一个五斗柜、一把椅子和一张床。床上隐约有一个熟睡的身影。

“克劳斯小姐！”克拉拉边叫边跑过去。突然，她停了下来，因为躺在那里的不是女人，而是阿尔伯特·弗兰克！

“克劳斯小姐在哪里？”克拉拉镇定下来后问，“你对她做了什么？”她使劲摇晃着弗兰克先生的肩膀，可他仍然昏睡不醒。

米歇尔在梳妆台上发现了一个装满水的水

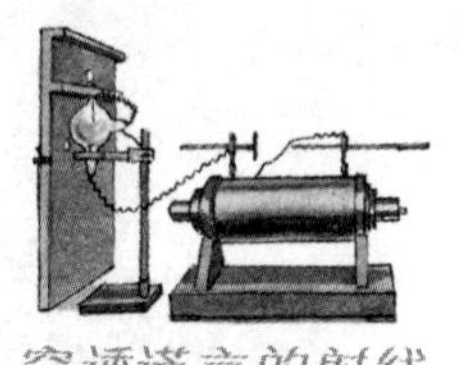

壶。二话不说，他一把拿了过来，将冷水倒在了弗兰克先生的头上。终于，弗兰克先生睁开了惺忪的睡眼，疑惑地四下打量。片刻之后，他猛地坐了起来。

“弗里达·克劳斯呢？”他叫道。

“我们还想问你呢！”米歇尔回答。

弗兰克先生想起身，却没站起来，他用双手按住太阳穴说：“头好晕。”

“克劳斯小姐在哪里？”米歇尔追问。

“弗里达·克劳斯没有被绑架。”弗兰克先生慢慢开始解释，“她和她学物理的男朋友奥托·舒尔茨一起制造了绑架假象。他们想带着赎金去国外。”弗兰克先生又试图站起来：“我们必须马上报警。”

“已经太晚了，”克拉拉说，“那男人早就走了。”她想了想，问：“既然你与绑架案无关，那你

来这里做什么？伦琴教授、马车夫罗斯，他们与这一切有关系吗？”

“奥托·舒尔茨付钱让马车夫罗斯把克劳斯小姐藏在阁楼里。我之前就知道这件事儿。昨天，克劳斯小姐让人给我送了一封信，说想见我。我想我或许可以劝劝她，可她竟然在酒里下了药！”弗兰克先生揉了揉太阳穴，“我就不应该在昨天跟奥托说我要报警。”

“弗里达·克劳斯现在在哪儿？”米歇尔问。

“她想在赎金交付后和奥托会合。马车夫罗

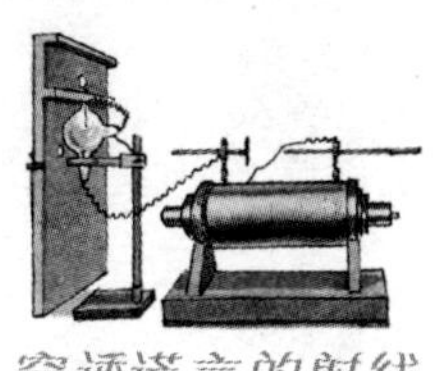

斯昨晚给她带来了一个信封，里面有完整的计划。”

“你知道他们在哪里见面吗？”米歇尔催问。可弗兰克先生只是默默地摇头。

克拉拉四下打量着房间，也许这里有一些线索。“既然你清楚地知道他们的计划，”她一边说，一边在梳妆台抽屉里翻找着，“那为什么不直接报警呢？”

“奥托威胁我，他知道……”弗兰克欲言又止。

这时，克拉拉在一旁的地板上发现了一张剪报，页边上写着“不要迟到！时间和地点”，但上面并没有写时间和地点。克拉拉仔细地看着。猛然间，她知道那两人想在哪里见面了！

“现在几点？”她问弗兰克先生。

弗兰克先生从马甲口袋里掏出一只怀表。此时刚刚下午一点。

“时间不多了！”她惊呼道，“如果要阻止骗子，我们必须快点儿。”说完，她冲下了楼梯。

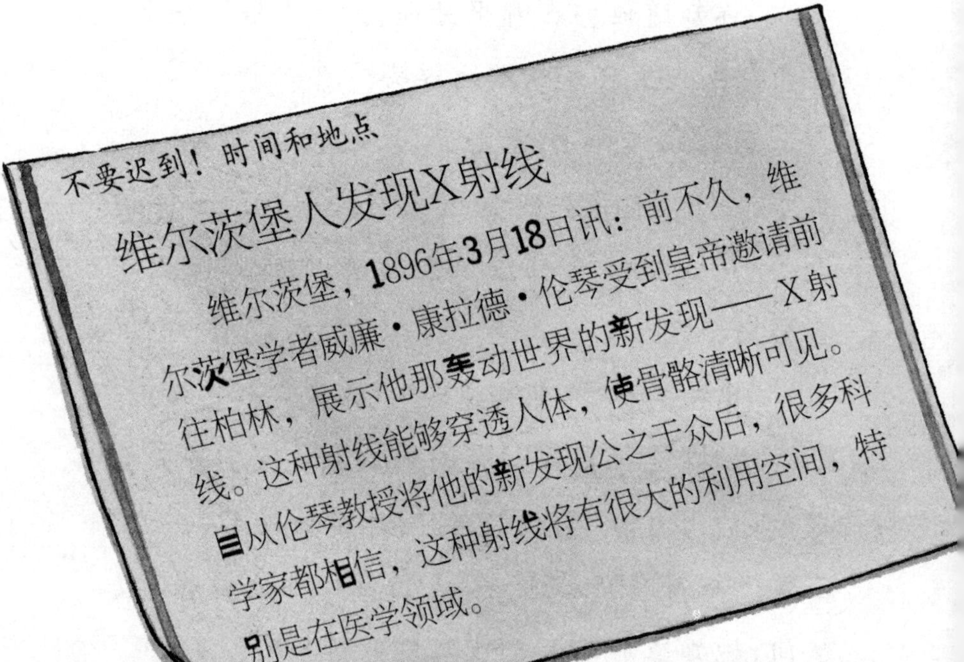

不要迟到！时间和地点

维尔茨堡人发现X射线

维尔茨堡，1896年3月18日讯：前不久，维尔茨堡学者威廉·康拉德·伦琴受到皇帝邀请前往柏林，展示他那轰动世界的新发现——X射线。这种射线能够穿透人体，使骨骼清晰可见。自从伦琴教授将他的新发现公之于众后，很多科学家都相信，这种射线将有很大的利用空间，特别是在医学领域。

奥托和克劳斯小姐想在何时何地见面？

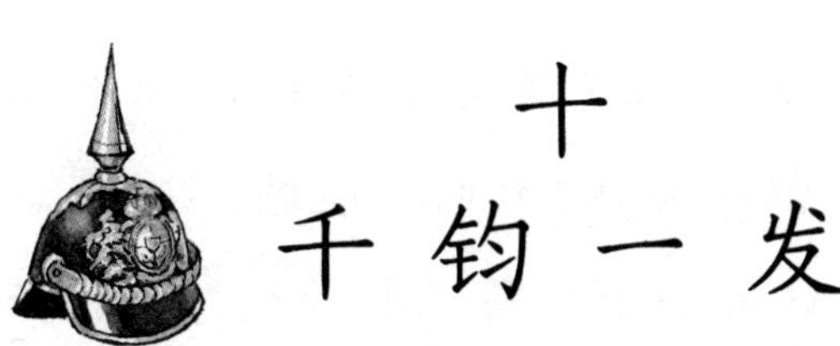

十
千钧一发

当他们气喘吁吁地跑进车站大厅时，大钟显示已经快下午一点一刻了。火车将在三分钟后开走。但要上火车，首先要通过检票口。

“没有站台票，检票员不会让我们进的。”米歇尔叫着。站台票要十芬尼[①]，但他们没有钱。米歇尔看了看检票窗口，那里还排着长队。毫无希望了。不过，克拉拉已经挤到了检票员面前。

“站台票。”检票员说。

“叔叔，我们有急事儿。”克拉拉说，“您能不能破例让我们进站台？”

①芬尼，德国旧货币的辅币，一马克等于一百芬尼。

“是吗？”检票员看着女孩，“每个人都可以这么说。但没有票，谁也不能进！”

“可这关乎十万马克的赎金！我们必须阻止骗子坐火车离开……”

“出去！”检票员粗鲁地打断她，“不然我就报警了！”

克拉拉忽然冒出一个念头：既然检票员不相信他们，那就让他报警吧，他们反正也需要增援。

克拉拉往旁边走了一步。检票员和闸口之间有一个狭窄的缝隙，她刚好可以挤过去。

“来这里。”她对米歇尔喊道，然后深吸一口气，冲过检票员岗亭，向站台跑去。米歇尔也迅速跟了上去。检票员看得瞠目结舌。

“简直太不像话了！”他骂道，随即通知了铁路警察。

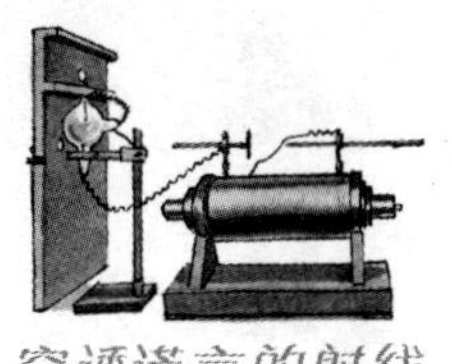

三号站台上的火车正准备发车。火车头像怪物一样喷出了黑烟。车门“砰”的一声关上了。站台上人头攒动。一列火车驶入了对面的站台。一阵喧嚣中，他们根本找不到奥托和克劳斯小姐。

这时，米歇尔发现两根柱子之间的空地上有一张长凳，站在上面可以更好地搜寻现场。

“长凳是用来坐的。”一位老妇人埋怨道，但米歇尔顾不上理会她。

“他在那儿！”米歇尔对克拉拉喊，“在车头后面的第二节车厢里！”

起初，克拉拉只看到一个肩上扛着巨大手提箱的搬运工，但随后，她就看到了那个金发男子。他正站在车门前，手里提着那个“价值不菲”的手提包。车厢和站台间的踏板上，一名女子正伸手要拿包。她戴着一顶有深色蕾丝面纱的大

帽子，只能隐约看到她的五官。

米歇尔和克拉拉冲了上去。克拉拉抓住了金发男子的衣角，米歇尔则试图从他手里抢过手提包。与此同时，戴面纱的女子也死死地抓住手提包。手提包被反复拉扯，“砰”的一声落在地上，米歇尔也摔了个屁股蹲儿。包的按扣儿“咔

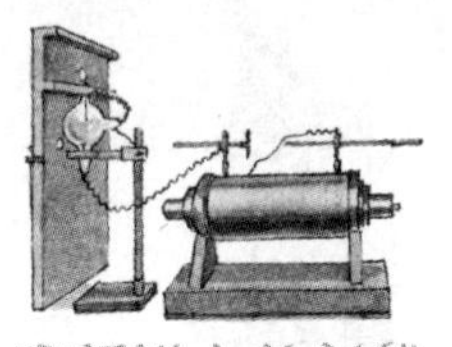

嚓”一声弹开了。当两名铁道警察赶到站台上时，钞票正像秋叶一样在空中飘扬。

警察虽然是来抓孩子的，但他们很快就明白了一切。弗里达·克劳斯和奥托·舒尔茨被逮捕，所有赃款被收缴。

站长终于给火车司机下达了发车信号。火车鸣响汽笛，车轮开始转动，发出“咣当咣当”的声音。

第二天，米歇尔和克拉拉去医院探望舒尔施。尽管错过了骗子被逮捕的一幕，腿上的石膏一直打到了膝盖下方，但躺在床上的他还是眉开眼笑的。

“他们给我的腿拍了X射线照片。”他得意地说，“医生还给我用了最新的X射线显影设备。”

“什么？”米歇尔问道，他不明白弟弟在说什么。

“X射线显影设备，是一个荧光屏。”他用一副老道的样子解释道，“新发明的，几天前刚送到医院。我是第一个受益的人。”然后他表情严肃起来：“你们现在知道到底是怎么一回事了吗？”

米歇尔点点头。舅舅前一天晚上把所有细节都告诉了母亲。

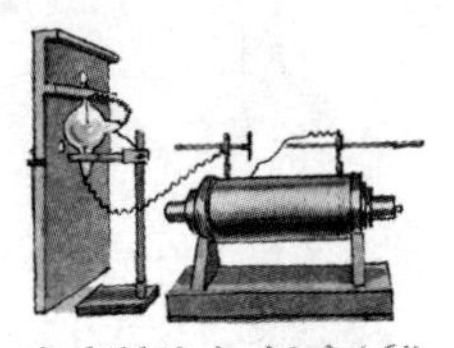

“克劳斯小姐失踪当天，”米歇尔说，“她在主码头爬进了马车夫罗斯推车上的一个空桶里。奥托付钱给马车夫，让他偷偷把克劳斯小姐带到卡尔内小巷，藏进阁楼。克劳斯小姐染了头发，在那儿一直等，直到奥托拿到赎金。”

克拉拉继续说：“洗衣服的胡贝尔太太，她忙着整理衣服，什么都没看到。但渔夫贝克看到了，当他威胁奥托说要报警时，奥托给了他一笔钱。所以，他就作证说他见过弗兰克先生和失踪者在一起，让大家对弗兰克先生产生怀疑。其实他压根儿就不认识弗兰克先生。当我们问他时，他随口说看见了一个金发男人。”

“但克劳斯小姐为什么要勒索自己的叔叔呢？”舒尔施想不明白。

“据说她一直觊觎叔叔的财产，但叔叔想剥夺她的继承权。于是她想方设法试图得到他的

钱。她和奥托想去国外开始新生活。”

“弗兰克先生与这一切有什么关系？”

“这个问题我自己可以回答。”孩子们都没有注意到弗兰克先生进了病房。他笑着看向三个孩子：“我就在附近，想看看小‘伤员’怎么样了。”他把手伸进外套口袋，掏出一个棕色袋子。

“覆盆子糖，”他说，“作为对你们三个的小

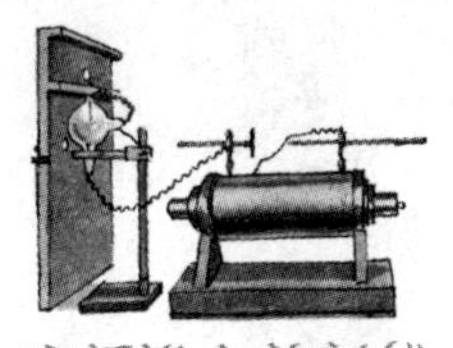

小感谢。”同时他递给舒尔施一个信封。

“这个是给你的。医生不需要了，你可以留作纪念。”接下来，他一五一十地讲述了自己是如何卷入这宗案子的。

“我无意中听到奥托和克劳斯小姐的密谋，”他开始述说，“我想劝阻他们，但他们已经铁了心。我还没来得及报警，威胁信就来了。”

“奥托拿什么威胁你呢？”克拉拉边问边分发糖果。

“他知道我没有高中文凭。”弗兰克先生承认，“如果被人知道，那我就会被开除。”

“可现在这威胁不是还在吗？”

弗兰克先生摇摇头：“我向伦琴教授求助。他也没有高中文凭，会为我挺身而出。”

“所以这就是你在餐吧和他碰面的原因。”米歇尔补充道。

弗兰克先生点了点头："当伦琴教授告诉我，我可以继续学习而不必一定有高中毕业证的时候，我又和奥托交涉，说服他放弃计划。但因为我成绩更好，奥托一向不喜欢我，并威胁我说渔夫贝克的证词会对我不利。后来，当克劳斯小姐来信的时候，我就想先去找她，以为至少可以说服她悬崖勒马。"

"结果恰恰相反，她给你下了药。"

"正是。多亏了你们，现在终于解决了。"

与此同时，舒尔施打开了信封。

他拿出一张X射线照片，上面可以看到一条腿的两条小腿骨。胫骨上有一道细细的裂缝。

"这是你的腿吗？"米歇尔问。

舒尔施得意地点点头。他把一颗粉红色的糖放进嘴里，心满意足地吃着，而克拉拉和米歇尔则欣赏着腿骨照片。X射线真是太了不起了！

答案

一 午餐时分的拜访

纸条上写着：我知道你的秘密。只要你守口如瓶，我也会保持沉默。

二 警察眼线

她的名字是：弗里达·克劳斯。

三 实验室里的发现

克拉拉注意到右下角的X射线照片上的珠宝与弗里达·克劳斯的一样。

四

在警察局

贝克尔探长的笔记内容：

弗里达·克劳斯案

最后一次出现：星期六晚上在主码头清洗船附近

证人：里奥巴·胡贝尔（洗衣工）

弗朗茨·贝克（渔夫）

威利·罗斯（马车夫）

主要嫌疑人：阿尔伯特·弗兰克，涉嫌绑架

五

小侦探在行动

弗兰克先生去见了伦琴教授。

六

询问证人

这些证词有问题。渔夫声称他认识阿尔伯特·弗兰克，但他说弗兰克先生是一个金发男子。实际上，弗兰克先生的头发是棕色的。马车夫准确说出了弗兰克先生的全名，却声称不认识他。他还说当时人很多，而洗衣女工胡贝尔太太说主码头上只剩下了三个人。

七

偷听对话

信上写着：亲爱的弗兰克先生，今晚九点钟请来卡尔内小巷。我会在那里等你，有很多话要对你说。

八

鱼市行动

九

失败的追踪

见面时间和地点是13:18，火车站三站台。

威廉·康拉德·伦琴生平大事年表

1845 年　威廉·康拉德·伦琴出生在德国。

1848 年　伦琴一家移居荷兰。

1861 年—1863 年　伦琴在一所技术学校就读。

1864 年　伦琴没有获得高中文凭就被学校开除了。

1865 年—1868 年　伦琴在大学学习机械工程。

1868 年　伦琴完成了学业，获得了机械工程方面的学士学位，随后继续学习物理学课程。

1869 年　伦琴获得物理学博士学位，博士论文是关于气体的。

1870 年　伦琴作为助理陪同物理学家奥古斯特·孔特前往维尔茨堡。

1872 年　伦琴结婚。

1874 年　维尔茨堡大学因伦琴没有高中文凭而拒绝他任教。伦琴前往斯特拉斯堡应聘教授。

1875 年　伦琴在霍恩海姆农业学院任物理学和数学教授。

1876 年　伦琴在斯特拉斯堡获得了理论物理学教授的职位。

1879 年　伦琴在济森大学担任实验物理学教授。

1887 年　伦琴一家收养侄女约瑟芬娜。

1888 年　伦琴移居维尔茨堡，接管了麦米伦大学的物理研究所。

1894 年　伦琴当选维尔茨堡麦米伦大学校长。

1895 年　伦琴在维尔茨堡大学物理研究所发现了 X 射线并拍摄了第一张手部 X 射线照片。伦琴写了一份关于新射线的研究报告，并把报告和他的 X 射线照片一起发送给了同事。

1896 年　第一篇关于 X 射线的报道见诸报端。伦琴受威廉皇帝之邀前往柏林，在其皇宫就新发现发表演讲。他的报告《关于一种新的射线》被翻译成多国语言。

1900 年 伦琴到慕尼黑大学任职。

1901 年 伦琴成为获得首届诺贝尔奖的物理学家。

1923 年 威廉·康拉德·伦琴教授在慕尼黑去世。

叔叔是疯了吗

1895年11月8日的晚上，十四岁的约瑟芬娜·伦琴正在维尔茨堡大学物理研究所楼上的公寓里练单杠。外面已是黄昏，女仆点着了煤气灯。婶婶坐在靠窗的扶手椅上，叔叔正在楼下的实验室里工作。

突然，叔叔冲上楼梯进了公寓，他迫切地想和婶婶说话。片刻之后，婶婶陪丈夫去实验室，走之前还不忘叮嘱侄女继续练单杠。

一段时间以后，当叔叔和婶婶终于回到公寓时，他们什么都没有说就让约瑟芬娜上床睡觉了。这个时候，女孩并不知道楼下的实验室里发生了什么。

在接下来的几个星期里，叔叔几乎每一分钟都在实验室里度过。他痴迷于新发现。即使是白天，他也要拉上所有窗帘，并让人把饭菜送到实验室门口。那里甚至还添置了一张床，让他晚上至少可以休息几小时。他几乎没有在楼上的公寓里现身。由于约瑟芬娜不被允许贸然进入实验室，她仍然不知道到底发生了什么。然而，她确信那里正在发生着奇怪的事情，因为她看到了婶婶手骨的照片。此外，叔叔本人坚信，一旦他的发现被人知道，他肯定会被认为是疯子。

圣诞节后不久，时机成熟了。叔叔在一份报告中总结了研究成果，并把这份报告的副本和骨头照片的影印件装进信封，随新年祝福一起寄给了熟络的同事们。

仅仅几天后，第一篇赞扬叔叔及其耸人听闻的发现的文章就见报了。X 射线的消息像野火一样扩散开来。当时的德意志帝国皇帝威廉二世也非常关注此事，还邀请叔叔前往柏林。约瑟芬娜也终于知道了十一月那天晚上实验室里发生的事情：叔叔发现了可以穿透人体的射线！

实验室里的发现

实际上，X 射线的发现绝非偶然。早在十九世纪中叶，科学家们就发现真空玻璃管在通电时会发光。伦琴对此也早已知晓。做这个实验需要一个玻璃管，将管中的所有空气抽出，营造一个没有空气的真空环境。然后，将玻璃管通过两根电线连接到类似于巨型电池的电源上。打开电源后，与电源负极相连的一端就会开始发热并放射电子。这些电子在真空环境中被牵引到玻璃管的另一端，即连接电源正极的一端。这就仿佛施了魔法，两极之间会出现一条青蓝色的光带。在11月的那个晚上，伦琴教授决定对实验装置稍加改动。他用黑色纸板盖住玻璃管，使其不透光，然后在玻璃管附近放了涂有特殊荧光材料的硬纸板。这种荧光材料就像自行车上的反光带一样，只有在受到照射时才会亮起。然后，令人难以置信的事情发生了：虽然黑色纸板挡住了玻璃管里的可见光，但荧光纸板在黑暗的房间里泛出了绿色的光。也就是说，玻璃管里透出了不可见的射线！他把手放在荧光纸板和玻璃管之间，竟然看到了自己的手骨。这种射线能穿透人体！由于伦琴教授自己也无法解释这种射线的产生，所以称之为"X 射线”。

伦琴是一位摄影爱好者，他很快就想出了如何长时间保存X射线所产生的阴影图像的办法。他拿出一张感光胶片，放在看不见的射线前，然后让妻子把手放在玻璃管和胶片之间。射线穿透了人体组织，在胶片上留下了手骨的图像，世界上第一张X射线照片诞生了！

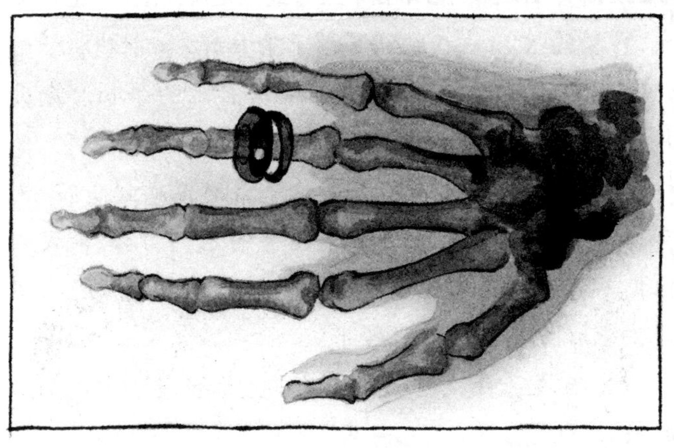

X射线征服世界

早在1896年1月下旬，伦琴关于X射线的文章就被译成多种语言，出现在世界各地的期刊上。这个实验不难，任何对此感兴趣的人都可以亲身尝试。最初，只有科学家对这一新发现感兴趣，但没过多久，其他人也跃跃欲试，毕竟能够看到自己身体内部结构的实验真是太有吸引力了。4月，在纽约的一个电力展上，神秘的X射线是最大的热门，因为参观者可以在那里看到自己的骨头。到1896年底，神秘的X射线在欧洲可谓家喻户晓。X射线机出现在许多城市的展览会甚至聚会上。给自己的手拍X射线照片成为当时的一种时尚。

然而，也不是每个人都对这一新发现感到高兴。对于有些人来说，一想到陌生人能看穿自己的身体，就足以让他们不寒而栗了。1896年春天，一家伦敦公司就已经开始提供能够防X射线的服装了。

X射线很快被重新命名为"伦琴射线"，但这位谦逊的教授还是更喜欢"X射线"这个名字。伦琴教授不想用它赚钱，所以也没有为它申请专利，而是想让自己的发现服务于大家。

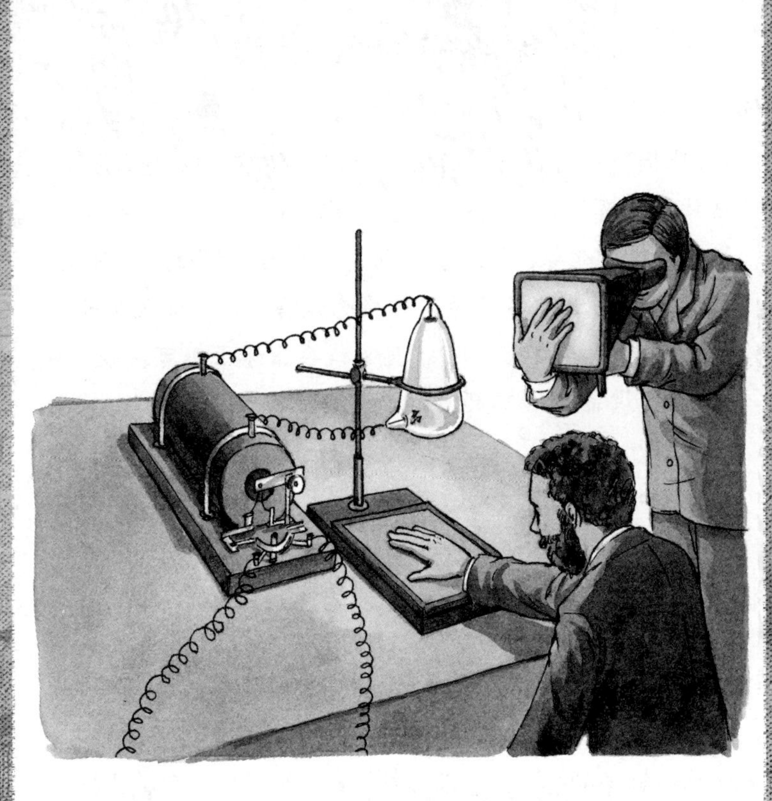

多功能的X射线

医生是首先对这一新发现感兴趣的群体。有了X射线,他们终于可以在不开刀的情况下检查病人的体内了。这让医疗有了许多新的可能性,比如防止断骨长歪,及时发现恶性肿瘤等。在伦琴发现X射线后的短短几个月里,人们就研发出了各种简化的检查设备。第一批医生开始专攻X射线的领域。今天,X射线在医学上不可或缺。不过,医疗设备自伦琴那时起一直在不断发展。现在,X射线的照片已不必再被放到荧光纸板或荧光屏上了,而是直接传入计算机中。而且,人们也早已发现射线有害健康,于是患者、医生和护士都会有特殊的保护装置。

除了医学,X射线还用于其他许多领域。机场工作人员用X射线扫描行李,可以看到行李中有没有藏匿违禁品。地质学家和矿物学家用X射线来分析岩石。考古学家用它来解开过去的谜团,比如检查木乃伊,却不用担心破坏脆弱的骨骼。在艺术领域,专家用X射线检查绘画作品,不仅可以看到画作之下的秘密,还能明辨真伪。警察可以用X射线发现犯罪嫌疑人的指纹,从而侦破案件。在质量管理中,X射线也大有作用,因为它们可以使产品隐藏的缺陷暴露出来，比如长长的石油和天然气管道中的裂缝，就可以用X射线来检测。如今，人们还把X射线用到了宇宙中，让那些人类肉眼看不见的遥远恒星、星系和黑洞也变得有迹可循。尽管威廉·康拉德·伦琴在1895年11月8日发现X射线时就知道这项成果必将是轰动性的，但他也绝对想不到X射线有如此广泛的用途，尤其是能用来探索宇宙的奥秘。

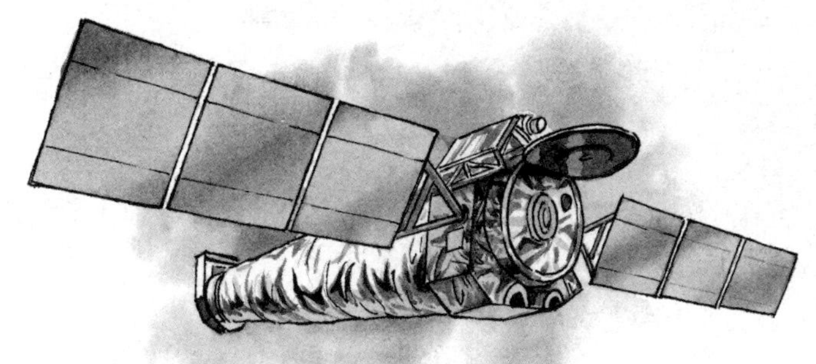